生活·认知·成长

青春励志故事

麒麟传媒·尚書房 出品
www.qlpress.cn

生活·认知·成长
青春励志故事

# 第一位启蒙老师

杨晓敏◎主编

地震出版社

**图书在版编目（CIP）数据**

第一位启蒙老师：创意卷 / 杨晓敏主编．—北京：地震出版社，2013.1
(2016.6 重印)
(生活·认知·成长青春励志故事)
ISBN 978-7-5028-4145-4

Ⅰ.①第… Ⅱ.①杨… Ⅲ.①小小说 - 小说集 - 中国 - 当代
Ⅳ.①I247.8

中国版本图书馆 CIP 数据核字（2012）第 253157 号

**地震版 XM2908**

**第一位启蒙老师——创意卷**
主　　编：杨晓敏
执行主编：马国兴　王彦艳
责任编辑：赵月华
责任校对：孔景宽　凌　樱

---

出版发行：地 震 出 版 社
北京民族学院南路 9 号　　邮编：100081
发行部：68423031　68467993　　传真：88421706
门市部：68467991　　传真：68467991
总编室：68462709　68721982　　传真：68455221
E-mail：seis@ mailbox. rol. cn. net
http：//www. dzpress. com. cn
经销：全国各地新华书店
印刷：北京一鑫印务有限公司

---

版（印）次：2013 年 3 月第一版　2016 年 6 月第二次印刷
开本：710 × 1000　1/16
字数：207 千字
印张：15
书号：ISBN 978-7-5028-4145-4/I（4826）
定价：28.00 元

# 序

杨晓敏

好书是具有生命力的。一本好书，我们拿在手上，揣在兜里，或者放在枕边，会感觉到它和我们的心一起跳动。在日常的学习生活中，我们每天都在用最经济的时间、精力和财力，收获着超值的知识、学问和智慧，于是我们自己，就在一天天地充实厚重起来。

优秀的短篇小说，就是这样的好书。它是顺应现代人繁忙生活而发展成的一种篇幅短小的小说。跟一般小说一样重视场景、个人形象、人物心理、叙事节奏。优秀的作者可写出转折虽少却意境深远，或转折虽多却清新动人的作品。

现在，许多优秀的作者舒展超感的心灵触觉，用生花的妙笔，把小小说从文学神坛上牵引下来，在我们广大读者面前，展现出一幅幅五颜六色的生活画卷，或曲折离奇，或险象环生，或嬉笑怒骂，或幽默诙谐。于是，阅读一本小小说，就成了繁忙生活的轻松点缀，紧张学习的有效调剂，抹平了你我微皱的眉头，漾起了会心一笑的嘴角。

我们精心编选的这套“生活·认知·成长青春励志故事”小小说丛书，每一辑都包含了“悟性”“创意”“想象”“品味”“风尚”“情愫”六卷，并围绕这六个主题，选取当代国内知名作家的精品力作，各自汇编成书，具有强劲的文学感染力。篇篇都耐人寻味，本本都精挑细选，既是青少年认识社会的窗口、丰富阅历的捷径，又堪称写作素材的宝典。作品遴选在注重情节奇巧跌宕，阅读效果峰回路转、柳暗花明的同时，注重价值取向，旨在引导青少年全面、客观地认识社会，开阔视野和胸怀，提高综合素质，进而确立正确的人生观、价值观。

在这套书里，我们推荐给青少年读者的是充满活力的大众文化形态的小小说佳品荟萃。所选择的作品，尽量体现质朴单纯，而质朴不是粗硬，单纯不是单薄；体现简洁明朗，而简洁不是简单，明朗不是直白。它们是理性思维与艺术趣味的有机融合，是人类智慧结晶的灵光闪烁，是春风化雨滋润心灵的真情倾诉，是鲜活知识枝头的摇曳多姿，是青少年读者嗅得着的缕缕墨香。

知识没有界线，可以人类共享，只要是具有优良质地的文化产品，都能互补、渗透、影响和给人以启迪。任何一粒精壮的知识种子，播撒在人们的心灵深处，都会开出艳丽的花朵，结成高尚的果实。

青年出版家尚振山先生以极大的热情，独到的眼光，精心策划了这一套“生活·认知·成长青春励志故事”丛书，我和同仁马国兴先生、王彦艳女士应邀参与编纂，当然也愿意大力推荐给广大青少年朋友们。

2012 年春

第一位启蒙老师 contents 目录

# 伕子事件

〇许　行

队伍从五斗坪下来，一个刚来的小伕子，过河时不慎落桥淹死了。

这事引起了全队的震动。

“谁拉来的伕子？”

“听说是老管理员。”

“唉，他怎敢这样干呢？”

队伍一出发，司令员和政委两个人一起宣布了一项严格的纪律：沿途绝对不许动员民伕，有再大的困难也自己顶着，一定要做到对群众丝毫不犯。谁若强行拉伕，军法从事。这应该说够严格的啦！

那时日本人刚投降，国民党军队就集中重兵，形成对我们的包围阵势，我们部队正根据部署，做战略性的转移，因此同群众的关系如何，成为我们部队能否站得住、打得赢的一个关键性问题。所以，政委讲完了之后，又格外加了一句：

“同志们，我们要跟国民党争人心啊！”

这话说得多重，也算到家啦！谁都懂得人心的向背，直接关系到革命的成败。为什么在革命队伍里干了多年的老管理员，竟连这都不明白呢?!这个人平时像头老水牛似的工作，什么苦、什么累都能吃，一个心眼地干革命，怎么这时候糊涂起来了？

老管理员被绑了起来，两个荷枪实弹的战士押着，就在罗塘这村口上开军民大会，要按照军法公判他。

我想这是领导上有意借此教育部队，同时更主要的是向群众宣传我军的爱民政策和铁的纪律。

战士坐了一地，周围也站满了群众。群众都要看一看共产党军队，怎样处理他们违犯军纪、淹死老百姓的人。

老管理员，这个四十来岁、浑身是劲的硬汉子，现在像被抽了筋、丢了魂一样，趔趔趄趄，痴痴呆呆地低垂着头，那多日未刮的连鬓胡子上，挂着泪珠和汗水。如果不是两个战士架着，看样子他可能早就摔倒了。

我想这时他的心里，一定充满恐惧与悔恨。他对宣传干事小黄的关照无疑是对的，因为小黄打了几天“摆子”，那架连同木盒、油墨、钢板、胶滚等将近四十来斤的油印机是无论如何也背不动了……可为什么不想想别的办法，偏偏拉这样一个十六七岁的后生来背呢！那后生背着一个四十来斤重的东西，一失足掉在河里还能凫得起来吗？

我正胡思乱想呢，就见一伙从十斗坪方向跑来的人，分开群众，不管不顾地冲进了会场。为首的一个长得黑乎乎的中年妇女，一下子扑到了老管理员的身上，又捶，又打，又咬，又撞，又哭，又喊……真恨不得把他撕碎了才解恨的样子。

“你还我儿！你还我儿……你真狠心啊！连这个儿也不给我留……”

这时会场里静极了。大家都被这个意外的情景闹呆啦。

我想小伙子的母亲到底找上来了，这可怎么安抚呵？

“真该把你枪毙了！”那个妇女气愤地说。

我紧张得毛细血孔都扩大了。在环境困难的情况下，为了挽回我军对群众的影响，像这种违犯法律而闹出来的人命事件，采取最严厉的军纪也不是不可能的，可老管理员，是个好同志啊……我的心都提到嗓子眼上来了。

谁知这时那妇女又突然扑向了司令员，一下子跪倒在他的跟前，抱住他的腿，鼻涕一把、眼泪一把地说：

“司令员呵！你可不能枪毙他啊……那是我的儿，也就是他的儿啊！我们就那么一棵独苗……为革命他什么都豁出去啦！”又说：“我儿也愿跟他闹革命去，可他就是不带我儿呵！他这个坏蛋……”说着说着痛哭倒地，一个粗壮的妇女，成一滩泥啦！

这时会场的气氛突变，几个女战士掉了眼泪，我被这戏剧性的起伏，也激动得有些泪花闪烁。

司令员、政委原来准备的那一套话，全报废了！一时闹得他们也不知说啥是好。不过，我见给老管理员松绑后，司令员抑制不住，一连在他身上狠狠地打了三拳：

“唉！你为什么不照顾好我们革命的后代呀……”边说着边拿他屁股后边那条毛巾擦起眼睛来。

“对，揍他，揍他！死罪饶过，活罪难免。司令员啊！你狠狠地揍他吧！”那妇女连哭带喊地说。她跌宕变化的情绪，牵动着会场上的人心。一时间她竟在这儿唱主角啦！

# 三人行

○聂鑫森

在开往湘西凤凰的这趟列车上，洪深装着随意的样子，走过一个一个旅客并不稠密的车厢，然后在11号车厢的中部，与阮海、阮江两兄弟蓦然相逢！

他们来自同一个城市，而且都在同一条古玩街上开店子，既没有相约，也不是交往很深的朋友，却上了同一趟车到同一个地方去，天下的事就有这么巧。

当然不是为了旅游，眼下既不是长假日也不是双休日，即便是，他们也没有这种闲情，不用说，只有一个目的：去采买古玩，名之曰：进货！各家古玩店都有自己的“窝子”，也就是定点供货的地方，而且对外人绝对保密。洪深的店子叫“思古阁”，阮氏兄弟合开的店子叫“远韵斋”，两个店子相隔并不远，想不到他们的“窝子”都在凤凰。凤凰是座历史悠久的古城，出过许多名人，比如民国时的政要熊希龄，比如现当代的著名作家、画家沈从文、黄永玉。

30岁出头的洪深，年纪比阮海、阮江都小，惊喜地坐下来后，“海哥”、“江哥”地叫得挺亲，还特意拿出旅行箱里的易拉罐啤酒和袋装卤菜，请他们共享。离开了故乡，且又“他乡遇故知”，三个人变得亲热起来，喝酒、吃菜、聊天，“南京城隍北京土地”，但矢口也不说到“古玩”上去。

洪深在古玩街，属于精明过度的人。因他爹是搞房地产开发的，给了足够的钱支撑“思古阁”，故他眼里没几个瞧得上的人。他也不怎么恪守古玩行当的规矩，喜欢“抄”和“砸”，弄得同行很不痛快。所谓“抄”，就是他一旦知道别人的“窝子”在什么地方，便去“抄”后路，抢先出高一点的价格收购古玩；而在别人收买古玩，正与卖主谈生意时，他常以加价的方式去“砸”场子，夺人所好。

“海哥、江哥，喝酒!”

“谢谢。”阮海说。

“你们去凤凰游山玩水?”

“也不全是，看个老朋友吧。你呢?”阮江问。

“我想去访访那些集市上的古玩摊，看有什么东西可买。”

“我们祝洪深老弟发财。”

“彼此彼此。”

中午了，餐车推过来了。

洪深抢着做东，很大方地买了三份盒饭。

吃过饭，又喝了杯茶，洪深说：“打了一夜的麻将，硬是撑不住了，对不起，我先打个盹。”边说边把头靠上椅背，困顿地闭上了双眼，不一会儿，便陆陆续续地响起了鼾声。

阮海点着一支烟，小声对阮江说：“下车后，我们不要急着去文华街的‘马家老店’。”

阮江看了看睡得正酣的洪深，疑惑地说：“马老板等着我们哩，他说，收了好几个清代的黄花梨原作原嵌笔筒，每只开价不过6000元哩。”

阮海瞪了阮江一眼，又使劲摇了摇头，压低声音说：“睡会儿吧，瞎说什么呢。”

阮江不做声了，顺从地闭上了眼睛。

洪深真的睡着了吗?没有，连鼾声都是“伪造”出来的。他终于明白了阮氏兄弟此行的目的。当他千方百计打听到阮氏兄弟要去凤凰时，就悄悄地跟来了，为的就是想弄清楚他们的“窝子”在哪里。原作原嵌黄花梨笔筒，好东西啊。“原作”是指素筒用当时的黄花梨材料所制，“原嵌”是指制成素筒后，同时再用切磨好的玉、石、珊瑚、贝壳，在上面镶嵌成山水、花鸟图案。眼下在大城市，这样的笔筒，每只都在万元以上。这个“马家老店”，居然有好几只，居然每只只要6000元，这样的好买卖哪里去找？

洪深真想大笑几声，但他忍住了，在假睡中偷着乐吧。

……

下午4点多钟的时候，他们一起下了车，说说笑笑走出了检票口。

阮海问：“洪深老弟，这附近有家不错的宾馆，你也住在这里吧。”

“不敢打扰你们啊。我有个远房亲戚马上会来接我，你们请先走一步。回去时，我们打手机约一约吧。”

阮江说：“也好，我们先去宾馆休息，明天才去看望朋友哩。拜拜！”

洪深望着他们走远了，走得人影子都看不见了，忙钻进了一辆的士。

“去文华街‘马家老店’！”

……

两天后，阮氏兄弟用手机和洪深联系上了，约定坐同一趟列车回“家”。

列车飞快地奔驰着。

他们还是坐在“11”号车厢的中部，还是那几个座位。不同的是，阮氏兄弟在小桌上，备好了一瓶“酒鬼”酒和三个小酒杯，还有几个用食盒盛好的炒牛肉、熘猪肝、煎豆腐、粉蒸肉。

洪深以为他的买古玩“抄”后路，会让阮氏兄弟不高兴，谁知居然一点儿也没有！这说明阮氏兄弟“进货”的“窝子”，不止马老板那一处，因而收获甚丰，不在乎几个原作原嵌黄花梨笔筒。利益均沾，这才叫皆大欢喜。

阮江给三个杯子斟满了酒。

阮海端起酒杯，说：“为我们一路同行，又都满载而归，干杯！”

三只杯子碰在一起，响得很清脆。

洪深说：“谢谢两位大哥的提携。回去后，我要专门在饭店宴请你们，届时请一定光临。”

“好。好。”

他们似乎都不顾忌说“古玩”这个话题了。

什么是“打眼货”，什么是“拣漏”，什么是“做旧”，什么是“高仿”，什么是“新仿”，什么是古玩行的“规矩”……

三个人喝得痛快，说得开心，俨然成了亲兄弟、好朋友。七八个小时过去了，不经意间，火车就到了他们栖息的城市。

几天后，古玩街有了新的传闻：洪深在凤凰采买的五个黄花梨笔筒，被行家看出了问题：是“原作”但不是“原嵌”，而是“后嵌”——是在素筒上新镶嵌再作旧的图案，每只也就值个两三千元。而阮氏兄弟倒是出手了几个真格儿的原作原嵌黄花梨笔筒，每只都卖到万元以上！

没有顾客来时，洪深在“思古阁”的店堂里，困兽一样走来走去。他明白了，阮氏兄弟放出风来要去凤凰“进货”，为的是诱他上这趟列车，在他假睡时又说出所谓的“秘密”；当他借故避开赶往“马家老店”，可以断定他们向马老板立刻用手机报了信……这个“局”设得天衣无缝，而他就这样欢欢喜喜、自觉自愿地钻进去了！

“×！阮海、阮江，你们真不是好东西！”

# 启蒙教育

〇谢志强

小偷推开半敞着的窗，避开窗台一盆兰花，轻捷灵敏地跳进屋内。他刚拉开立橱的抽屉，欲翻，突然，他愣住了。

房主立在他旁边。

小偷连忙说：我以为屋里没人，哦，我口渴。

房主说：你刚才打哪儿进来的？

小偷指指窗户。

房主追问：那叫啥？

（小偷犯嘀咕了：今天算我倒霉。）

小偷说：我本来……可是，我图个方便，就……就是口渴，这天气真够热的呢。

房主招手，小偷乖乖地跟着他走近窗户。房主指点着窗台，说：你念一念。

小偷去瞅，脱口念：床（chuáng）。

房主一摇手，说：不是床，是窗，chuāng，阴平声，不是阳平。你上过小学吗？

（小偷疑惑：这个主给我设什么圈套？）

小偷说：上过吧？

房主玩魔术似的亮出一根细棍，敲击着窗台，说：chuāng，跟我念。

小偷便模仿房主的口气，去咬那声调字母。房主收起细棍说：记住了。

小偷机械地点点头，说：记住了。

房主：跟我来。

小偷呆立着，没动。

房主回首，见小偷没跟过去，说：你不是口渴吗？

小偷仿佛恍然大悟，说：对对，嗓子要冒烟了。

来到客堂间。房主用细棍敲击三下方桌，说：这叫什么？

（小偷霎时想起刚入小学看图识字的情景，他端详着房主的脸，像是要极力拨开皱纹发现当年老师熟悉的脸庞。）

小偷说：课桌。

房主失望地摇头，说：桌子按功能可分为课桌、饭桌、讲桌、会议桌……你还能列出什么吗？

小偷闹糊涂了，只是鸡啄米似的点头，连说：是，是。

房主说：这究竟是什么？

小偷说：饭桌，对，吃饭的桌子。

房主倒来一杯水，像是奖赏。

小偷“咕嘟咕嘟”一口气喝尽，过急，竟呛了一口，仿佛感动了，眼泪、鼻涕都溅出。

房主说：你跟我来。

（小偷又犯嘀咕，这个主到底要弄什么名堂？）

一前一后，走出门，站在院子，离门仅三步远。

房主拿着细棍指着门，说：这叫啥？

小偷说：秃子头上的虱子——明摆着的嘛。

房主板着脸，说：明摆着？可是，你刚才从哪儿进来的呢？你还不耐烦了？半瓶子醋就晃荡，你来。

小偷说：请您多多指教，多多指教，不敢不耐烦。

走近门。房主用细棍点一点门板上的字，说：你念一念让我听听。

小偷瞅着“門”字，说：是念门吧？

房主说：你肯定地念一遍。

小偷脱口出声，仿佛是牛哞，却含含糊糊念了，似乎有点吃不准。

（小偷想：今天我要栽在一个难缠的高手这儿了。）

房主说：你忘了？mén，阳平声，你跟着我念。

小偷去艰难地咬那字母，m、e、n，却念出阴平声。

房主说：一气念，别拉开队列，来，mén。

小偷模仿得很地道。房主说：还算到位。

（小偷有点自豪，跟念小学那年，受到老师课堂里表扬那样。他又忍不住念了三声，有点炫耀的味道）。

房主一挥棍，如同指挥一个乐队，说：前头，你从哪儿进来的呢？

小偷念：chuāng。

房主说：窗有什么功能？

（小偷想，这个主，葫芦里到底卖的什么药？）

小偷索性一声不吭。

房主说：窗在墙壁上，是通气透光的装置。

小偷只有点头应和的份儿。

房主说：窗有窗帘、窗棂、窗纱、窗扇、窗台、窗玻璃。

（小偷想，这个主肚里还真装着一些没用的货。）

小偷来了劲儿，说：窗台有兰花。

房主瞥了他一眼。

小偷缩缩舌头。

房主说：你说说门的功能。我是专指屋子的门。

小偷立即说：进进出出的口子。

房主说：谁进出？

小偷咬住嘴唇。

房主说：门有门板、门鼻、门环、门轴、门坎、门框、门楣……

（这不是用一个字组词吗？）

小偷抢着说：还有门牌。

房主说：我看你，说啥啥都懂，现在，你退后七步。

（小偷想，现在，他该动真格的了？）

小偷像操练一样，一步一步，退出七步。

房主说：你直对着什么？

小偷说：mén。

房主说：现在，你知道该怎么进入一间房子了吧？

（小偷心里还悬着：接下来，他会怎么处理我？）

小偷说：知道了，知道了。

房主摆摆手，像是扇一只苍蝇。

小偷是一副期待的表情，但立即反应过来，拔脚往院门奔。

房主喊：你停一下。

（小偷想，街上那么多来往的人，就是逃也难逃。）

小偷垂头丧气地站住，他几乎要跪下来求饶。

房主持棍指着门，说：记住啦？！

小偷连忙说：记住啦！

房主说：不是你家的门，未经允许就不能擅自进入。

小偷说：知道，记住啦！

（出了门，小偷舒了一口气，却纳闷，这个主倒有趣，没计较他偷窃的事儿。他忽然想起，房主手里的细棍，不就是当年地理老师手里那根指点江山的教鞭吗？）

# 教 子

○孙春平

老关头退休前是铁路上的火车司机。火车司机55岁退休，这么算下来，老关头眼下也该70出头了。

老关头的晚年生活挺平静，挺惬意。两儿一女都省心。大儿子在本市一所大学里当教授，还是系主任。老关头一提起这事就满面放光。所以老关头退下来的第二天，就挟个小马扎坐进了楼头的老人堆儿。那时的老关头身体倍棒，腰板溜直。有人问，不做点儿啥啦？老关头高声亮嗓地说，就坐这儿啦！多少钱能买这份舒坦！

这一坐就坐了十几年，坐得头发彻底白了。老人们多是退休工人，冬日晒阳，夏日避暑，甩扑克，摔象棋，南山打狼北山擒虎，海吹神聊，这些年便恨医院不给开药骂当官的贪心太狠盼包老黑托生转世一个个摘了驴肝肺。

春日里的一天，人们带来了特大新闻，老关头的大儿子当选了副市长。老伙计们纷纷恭喜，又逗市长老爹怎不发表两句就职演说。有那明白的便说，知不知道你儿子的市长是“无知少女”代表？老关头一怔，问，咋不济也是四十多岁大老爷们，咋还成了个无知少女？答话的便说，你儿子是无党派人士吧；教授代表知识界吧；你家是满族吧；要再是个女的，就全啦！现在上头选啥都讲究个代表面，你儿子一屁股跨上了三匹马！老关头心里不大愿听，可也否认不了人家说的道理，忙从兜里摸出两盒烟，说抽上抽上，堵上你的臭嘴。

这烟可就不得了，大中华呀！霎时间便被抢了一空。昨夜，老两口从电视上得知了儿子当选的消息，高兴得睡不着，知道儿子一定会连夜来家报喜，便一遍一遍地骂，这王八羔子，回家咋屁也不放一个？老伴说，你可别跑外头去屁屁的。老关头故意大声喊，我骂他咋，他坐了金銮殿，也得给我叫爹！儿子是过了半夜才回的家，带了孙女，还带了满身的酒气。老关头盘腿端坐，一副宠辱不惊的派头。儿子说，爸，散了会，就忙应酬，你老再指示指示吧。老关头说，指示啥，往后腚沟子给我夹紧了，别摇尾巴；两条膀子也给我放顺当了，别抖翅儿。别让人背后指你爹你妈的脊梁骨！偎在身边的孙女嘻嘻笑，说这就是我爷的指示呀？儿子离去时，留下了两条大中华。儿子说，爸，有街坊邻居的叔婶说起这事，就替我敬颗烟，说我感谢大家了。

老伙计们抽着烟，嘴不闲，说一种人是公仆，老少三辈都享福，老关头昨儿还抽石林呢，转眼就变成了大中华，立根棍就见影，不服不行啊！老关头听得心里不舒服，可也无力反驳，只好跟着哈哈笑。

一条中华烟散尽后，常见面的老熟人毛毛雨基本都淋到了，老关头的衣兜里便又只揣石林。有老伙计拐弯抹角地问，你儿子的烟瘾没你重吧？老关头说，不差哪儿，一天总得一盒。再问，他以前抽啥？答说，跟我一样。又问，你儿子当市长后工资涨没？答说，涨个屁，以前拿的是教授工资，到了政府就变成公务员了，听说还降了一截儿呢。老伙计笑，说那也不亏，我天天守在电视前看，你儿子自从当上市长，面前摆的都是大中华。咱就按一天一包算，一个月最少是三条，那是啥价？我敢跟你打个赌，市长们的大中华要是自个儿花钱买的，往后我爬着走路。老关头的脸色越发不好看，却嘎巴着嘴再说不出话。旁边有人看着气氛不对，忙说当市长的抽几支招待烟算啥，只要别再往手里搂就算好官啦！

这番话，虽是好意，老关头听了却越发不受用，却又不好冷下脸子抬脚走人。等儿子再回家，掏出烟敬老爹时，老关头便不客气地把烟拨到一边，说往后你别再抽这大中华中不？儿子一怔，说爸的意思我懂，可我别说抽石林，就是抽黄山，用不了两天，就得让人送进整箱的中华来，再说……各位市长都这么抽，我要是另起炉灶，不定让人猜疑出什么来。老关头瞪眼说，那你就戒，死不了人吧？儿子为难地说，烟瘾养成了，我怕……老关头吼起来，你怕这，怕那，就不怕你爹的老脸没处放？好，你不戒，我戒！

老关头性子刚烈，一声戒，真就从此再不抽一颗。老伙计们先还惊异，慢慢地，也就有了些醒悟，当着他的面再不说与抽烟有关的话。那个跟他争辩的老伙计还凑到他身边，低声说，老哥，那天是我嘴臭，你别担心，大侄还是好大侄，这大伙心里都有数。你也别抽冷子就把烟从根上断下来，听说这样对身子不好。老关头抓住老伙计的手，使劲地握了握，却什么也没说。

知道儿子病了，还是在电视新闻里，说市领导在病房里会见外地客人。老关头和老伴连夜去了医院。老关头说，得病怎么也不告诉家一声？儿子说，爸，我是装病。老关头大惊，蓦地想起电视剧里的台词，“要学会当官，先得学会装病”，便责怪说，你咋也学这套？儿子说，听说老爸戒了烟，我心里不好受。我这是借医生和秘书的嘴往外传话呢，说我的肺和气管不好，不能再吸烟。我已经戒烟了。

老两口出了医院，走在城市的街道上。老伴欣慰地说，这回你还说啥？老关头说，哪是一天两天的事，不遂我心，我还骂他。这般说着走着，老关头突然伫下脚步，从衣兜里抠抠摸摸，竟摸出一颗烟来，笑嘻嘻地对老伴说，跟你商量个事，往后我就在你一个人面前抽，一天不超过五颗，你给我保密，中不？老伴接过打火机，咔地按燃，恨恨地嗔怨，你这个没出息的老东西呀！

# 美国孩儿

〇秦德龙

补习班的广告打出来了，说是有个美国孩儿也参加补习。把中国孩儿和美国孩儿泡一块，让中国孩儿和美国孩儿互相学口语，多么好的创意！

哪来的美国孩儿呢？招生老师说，美国孩儿父母是中国人，但这孩子不会说汉语。孩子在美国出生，加入了美籍，能说很流利的美国英语。

是这么个美国孩儿呀。

老师说，这个美国孩儿是回来学汉语的。让他和中国孩儿在一起，他向中国孩儿学汉语，中国孩儿向他学英语，这不是两全其美吗？

哦，是这样啊。

开学的第一天，中国孩儿果真见到了传说中的美国孩儿。嘿，这个美国孩儿，黑头发、黑眼睛、黄皮肤，怎么看都像中国孩儿。他真的不会说汉语，只认得一些简单的汉字。听中国孩儿说话，他云里雾里摸不着头脑。但他滔滔不绝说英语的时候，中国孩儿则像呆头呆脑的小傻瓜。

老师因人施教，让中国孩儿一句句教他说汉语，让他教中国孩儿一句句说英语。半个月下来，美国孩儿和中国孩儿混熟了，能够简单地会话交流了。他们首先在一起玩了老鹰抓小鸡的游戏。当然是美国孩儿扮演老鹰了，中国孩儿扮演鸡群。有趣的是，老鹰永远都抓不到小鸡，鸡们将老鹰拖得大喘粗气。美国孩儿不解地问：“鹰，为什么要捉鸡呢？”

中国孩儿不回答他，中国孩儿哈哈笑，中国孩儿笑哈哈。

游戏玩得很开心。中国孩儿又按照英语教材学演戏，演的是传统剧目《哭长城》。扮演丈夫的中国男孩儿在长城上倒了下去，然后，又死了过去；扮演妻子的中国女孩儿大声哭泣："你为什么丢下我一个人啊？"美国孩儿越看越纳闷，那名死去的中国男孩儿是应聘来修长城的呀。剧情的发展太奇妙了：中国女孩儿哭了一阵后，居然把万里长城哭倒了。

美国孩儿不理解，不理解就是不理解。中国的事就是这样，几千年的历史就是这样。身在其中，不理解也就理解了。或者说，理解的要理解，不理解的也要理解。当然，这是中国孩儿用美国英语演戏，美国孩儿不理解是不奇怪的。好在美国孩儿有中国血统，不求甚解，这也是最佳的选择。

补习班结束的时候，美国孩儿与中国孩儿结下了深厚的友谊。在老师的提议下，他们去了饭店，共进晚餐。老师对学生们讲了一番中美差别的道理："美国人与人接触，首先是拉开距离，然后再选择；中国人则是先混在一起，然后再区别。美国人的麻烦是容易孤独，中国人的麻烦是人际关系绞成一团。"

美国孩儿对此表示理解。美国孩儿指着桌上的菜肴，用生硬的汉语说："你们就像你们的菜，切碎了，拌在一起炒。有时，还要拌上粉芡，粘糊到一起。"

中国孩儿听了美国孩儿的话，哈哈大笑。美国孩儿说出这番话，说明他已经理解了中国文化。可是，美国孩儿却没笑。也许，他想起了自己即将面临的孤独。回到美国去，谁和他讲汉语呢？虽然，汉语是母语，可自己的周围，没有说汉语的环境啊。想到这里，美国孩儿忧心忡忡地说："在美国，我只不过是个香蕉而已。"

什么？香蕉？

"香蕉，皮是黄的，剥开后，里面是白的。这就是华裔后代，看起来像中国人，但是不会说中国话。"

中国孩儿全都沉默了。中国孩儿上补习班，向美国孩儿学口语，是为了要到美国去的。听美国孩儿这么说，还要不要到美国去呢？

中国孩儿习惯于把想不通的问题交给家长，请父母定夺。几乎每个家长都这样对自己的孩子说："当然要去美国了！让你补习英语，就是为了让你去美国的！"家长们纷纷劝说自己的孩子，要在美国站住脚，就要舍得把自己变成香蕉。

# 荆襄客

〇张晓林

光绪末年。

围镇大街上新开了一家古玩店，做一些古玩字画的买卖。

店主不像是本地人，他的口音很杂，有点荆襄一带的腔调。

店主姓杨，因其眼大，镇上人都喊他杨大眼。

杨大眼很少在店里闲待着，他把生意上的一摊子全都撂给了他的老婆王氏。王氏生得很瘦弱，小鸟依人的样子，平时也不大说话，可她的眼很毒，你拿着假东西进去，没有能够瞒得过她的。

每天早晨，杨大眼都要拎着一架鸟笼子，去"文姬茶肆"喝茶。

时下汴京习俗，玩鸟成风。围镇此风尤盛。早晨，街坊茶肆中，到处都能看见这样的一些人：趿拉着鞋，露出丝绣的棉袜跟，衣裳都不系扣子，衣襟斜挎着用一根黑带子捆在腰上，左手握着一尺来长的湘妃竹烟竿（有大拇指粗细），右手不用去看——一准是一架鸟笼子了！

喝茶的时候，茶肆的房檐下一溜挂满十来个鸟笼，笼子里都是些很常见的鸟：八哥、画眉、白头翁、黄金翠……这些鸟来到一起，似乎很兴奋，翅膀扇得"扑棱扑棱"直响。

早茶用过，大家就谈论鸟。这些鸟经过驯化，都会摹仿一些别的叫声：譬如有的能摹仿小狗"汪汪"的叫声，有的能摹仿公鸡的啼鸣声，还有的能摹仿女人撒娇的声音……

谁的鸟叫得好听，摹仿得声音多，他的鸟就是好鸟。大家眼里就会露出一些羡慕来。

杨大眼养着一只画眉。这只画眉口很全，能叫“十三套”，而且叫起来声音清脆响亮。杨大眼把鸟笼子往茶肆的屋檐下一挂，这只鸟就一套一套叫将起来。其他的鸟一下子都成了哑巴——惹得其他喂鸟的人眼睛都红了！

镇上有几个无赖，觉得让外地人的鸟压了一头，心下很是不忿，他们谋划着要么把这个外地人的鸟毒死，要么抢过来。

一个浓眉如马鬃的汉子站起来喊：“看我的吧！”

他大步来到茶肆的房檐下，伸手托住笼底，把杨大眼的鸟笼给摘下来了，也不言语，拎了就走。

杨大眼正在茶肆里喝茶，见了这一幕，慢慢站起身，也没见他怎么慌张，只几步竟拦住了壮汉的去路，手指朝壮汉的肋下一点，壮汉顿时僵住，拎鸟笼子的那只手也缩不回去了。杨大眼取了鸟笼，缓缓离去。

无赖们大惊，才知道杨大眼是个耍家子。但他们又被这个外乡人教训了一顿，更是恼怒，那个壮汉无赖咬牙切齿道：“不出这口鸟气，我誓不罢休！”

他便去找他表哥。这个壮汉的表哥，是雍丘地盘上的无赖头儿，统领着上千个无赖。

这天黄昏，杨大眼接到了一封信，约他某某日去围镇西八里地的慈悲寺决一生死。慈悲寺是一座破寺院，早已荒芜得没有一个僧人了。四周长满了庄稼。

杨大眼回到了家里，有些闷闷不乐。王氏见了，问：“你心中有事？”

杨大眼叹了口气，道：“祸事来了！”就把事情的原委说了一遍。

王氏又问：“你想咋办？”

杨大眼说：“这事麻烦，你不杀他们，他们会把你杀死；你杀了他们，又会被王法杀死，咋着都不好办。”

王氏道：“赴约时我也去！”

杨大眼摇摇头：“还是让我一个人去送死吧。”

到了约定的这一天，杨大眼背了两把一尺多长的朴刀，独自来到慈悲寺。慈悲寺里里外外早站满了黑压压的众多无赖，看上去有七八百人。那个壮汉无赖见了杨大眼，忙对一个中年人说：“就是他！”

中年人想必就是无赖头儿了。

无赖头儿朝前走了两步，一拱手，冷笑道：“进招吧！”

杨大眼也一拱手，说：“请！”

二人正要动手，忽听一个女子喊道：“且慢！”

杨大眼大吃一惊，扭过头去，见王氏正一步一步缓缓地走进寺来。

众无赖也都愣住了。

王氏站在一个高处，对众人说：“你们这么多人围攻我丈夫，我丈夫不出重手，就无法解围；若出重手，你们都会命丧他的朴刀之下……”

众无赖哗然，都有点不大相信的样子。壮汉无赖狂喊：“我不相信这么多兄弟收拾不住他一个人！”

王氏说：“我现在有一个办法，可先叫大家见识见识后果！”

无赖头儿道：“你说出来看看！”

王氏从杨大眼手中取过一把朴刀，对无赖头儿说：“你让手下去庄稼地取一些小豆来。”小豆取到，王氏叫站在头排的无赖每人手中都抓一把小豆，然后用朴刀在地上画了一个圈，喊杨大眼站进去，又把刀还给丈夫，说：“等会儿我丈夫舞刀，大家可以把手中的小豆一把一把地飞投进去。如果圈内有一颗完好的豆子，我夫妻二人愿受大家处置，即使油烹刀剐也无话可说。”

众无赖齐喝：“好！”

杨大眼站在圈内，抡刀而舞，只见双刀四面盘旋，就好像一团白练，早不见了人影。众无赖纷纷把手中的小豆抛出，好似下了一场豆雨，豆刀相击，又好像春蚕咀嚼桑叶一般，“哧哧”作响。

豆撒完了，“哗哧”一下，白光散尽，杨大眼又站在了众人面前，再看圈内，小豆积了一寸多厚，有两个无赖上前忙活了半天，竟没有找到颗完好的豆子！

众无赖“哗”的一声，黑鸦鸦跪倒一片。

杨大眼这才对王氏耳语道：“不想你我平日的戏耍，今日竟派了大用场！”

王氏默然一笑。二人携起手，走出了荒野孤寺。

# 汉 广

○陈　毓

浩荡的汉江载着一江粼粼的波光，在熊渠的注视里向着东南方逶迤而去。那里春花烂漫，荠麦青青，那里有他的锦绣国度，那里是他的来处。江无桥，无堤，江水摇摆着，飘摇不定却又坚定无比。芦蒿满地芦芽短，记忆里熟悉的景象和气息使他怦然心动又意绪怅然。

筚路蓝缕，以启山林。奋斗到今天，他已是众诸侯仰首的一个，一个霸业初成者。但是，总有什么，在他明净开阔的额上，留下梦痕般的往日追忆，引他再次归来，寻寻觅觅。谁说胸有霸业者总是果敢向前，了断无牵系，如这滔滔汉水，向前，向前，一去不回？

生在以强凌弱、只有靠征战生存与获取的年代，他，熊渠，也是否只能跟他的时代同步，狠，猛，紧盯目标，勇往直前？但是，他为何总是在任何一件事情上都留下自己秉持的主张，祈愿打上自己完美与高贵的痕迹？

“你的佩刀上有凤，也只有你的刀上有凤。你是谁？”

“为何来此，为何被人追杀？”此刻，这个神秘出现如天降的女子追问他。

“我是谁？你也看到了，一个被追杀者。”熊渠沉吟片刻，朗然回答，“来此只是路过，至于被追杀的原因，那也正是我想要知道正在探寻的。”

“凤者，生丹穴，非梧不栖，非竹实不食，非醴泉不饮，身备五色，鸣中五音，有道则见，飞则群鸟随之。”面前这个妙丽的女子真让熊渠惊奇，身临百步之外的追杀，她却能镇定琢磨他佩剑上的纹饰。“身随如此佩剑的人，岂是等闲之人?”她调皮地诘问他。

但她的语气分明不是因为他隐藏了什么而心生质疑，却像是想要启发他思索的意思。她似乎真的给了他启发，她那暗藏着玄机和神秘力量的如梦如幻的声音在那一刻，仿佛一把奇妙的钥匙开启了他心中一道神秘的大门，使他豁然开朗，心里澄明一片。在这一刻，仿佛他多年的辗转和寻找有了隐约的答案，有了目的和方向。

倘若答案容易获得，他的命运又会是怎样一番景象？在他的少年记忆里，他似乎就在路上，在路上生长，在奔走中寻觅，并积蓄力量。但是从来没有像现在这一刻，他深切感受到隐匿的敌人的焦虑与凶蛮，但也没有任何一刻能像现在，在前有大河拦道后有追杀逼近的当下，在这个神秘如命运的女子面前，他那么清明自信过：当你看见敌人的凶恶的时候，说明敌人意识到了你的强大，他在那一刻顿悟：“你不是一般人，你是肩负使命者。”此刻，他从嶙峋石罅里芦蒿生长的姿势看出什么叫不肯屈服，什么叫所向无敌。

“那么，美好的仙女一样的姑娘，现在请你告诉我，你是谁？你从哪里来？为什么在我生死攸关最需要帮助的时候，你会忽然出现?”

“我从山林来，还归山林去。我从江上来，还从江上去。”她唱歌一般地回答他。她的语气使他确信，他不可能再从她那美好吉祥如花朵般的嘴唇里再得到更多一点更清楚些的答案了。

他眺望烟岚初散的山林，那里生长着高大的乔木。他回望眼前的汉江，江水浩荡，使她的那叶小舟如一枚树叶一样飘摇。

“敢上来吗？我可只是为渡你而来。”她回眸笑望他，他再次被她那无以言表、难以捕捉的美妙打动内心。她的美，有无法抗拒的引力。他跨上轻舟，相信哪怕是真的踩在一枚树叶上，他也会昂然向前。

船向另一片深袤的芦苇丛驶去。

这之后，命运似乎真的拐上了正途，他回到了楚郡，他的身份也豁然明朗，他是新一代的楚君，他下大力气改革的步骤也顺利得以实施。立足江汉、争霸中原的发展战略，使楚国迅速确立了强国地位，近交远攻、先礼后兵的军事方针又使楚国“甚得江汉间民和”，“蛮夷皆率服”。楚国内外出现一片太平和谐的景象。

但是，总有一个声音轻唤他，在他的繁华夜梦里，引他警然四顾。他终于意识到那纠缠他于每一个辉煌时分的心结到底是什么了。他要归去，他要回到和她相遇的地方。他要去找她。尽管归来所见，仍是心中那一片永恒的江水，江水荡荡有声，是鉴明着他的心迹么？岸边高大的树冠如云的乔木，为何就不能给树下的他片刻的凉阴？江水滔滔来去，却带不来一叶轻舟顺流而来，楚王熊渠从深沉的怀想里回过神，轻言做歌，歌曰：“南有乔木，不可休思；汉有游女，不可求思。汉之广矣，不可泳思；江之永矣，不可方思。”

王的跟从立即把王的歌誊写在随身携带的葛布上。

“我从山林来，还归山林去。我从江上来，还从江上去。”他仿佛又听到她那天籁一般的声音。

“若我能做一个以山林为家的樵夫，那又如何？”熊渠在自己的设想里无声地笑了。

他毕竟不能选择做一个樵夫。他没有放浪自己的自由。但他可以想象，他也唯有想象。

“翘翘错薪，言刈其楚；之子于归，言秣其马。”想象如清凉剂使他的心灵安详妥帖。即便在此刻，只有这一条波涛清碧的汉江横亘在现实里，从天上来，向天边去。

# 第一位启蒙老师

〇许　行

小时生长在东北一个偏僻的小山村，那里背靠一座大山，有三四十户人家，全靠顺垄沟捡豆包过日子。村里没有学校，只有一间炕头上有五六个孩子的私塾馆。

私塾先生刚五十出头，人就称他“老先生”，那时人背着个穷字，就不经老，又兼他留个山羊胡，有点驼背，这就顺理成章地称他为“老先生”了。他说话时常捋一下山羊胡。他小时候也是个念私塾的，据说饱读四书，一肚子墨水。村里人都两眼墨黑，摸不着他的底。只是有一次从城里来了个大洋学生，背地里称他为“冬烘先生”，可什么是“冬烘先生”村里人不明究竟，我们更不懂得。

私塾先生有一杆旱烟袋，铜锅铜嘴乌木杆，抽起来满屋都是浓烈的蛤蟆烟味。谁若淘气，他打一烟袋锅子，脑袋上准起个包。他一年只买的一本书是《皇历》，但他却把前边一大堆人物像，如什么段祺瑞、吴佩孚、张作霖、阎锡山等等，都统统扯下来擦屁股，我们“出恭”时常常在茅坑里看到。

他对学生管得很严，我们一天到头都得规规矩矩坐在炕桌旁，像念经一样念书。他从不开讲，我们读了也不知什么意思。谁上厕所都得翻过来“出恭”的牌子（另一面为“入敬”），谁忘了就得挨训。连拉屎撒尿，他也全管着。

一天上下午背两遍书，谁不会得挨手板，手板是一尺多长的硬木板子，打在手上可疼了。有一次我书未背下来，挨了三板子，手心肿了。我直喊：“妈呀、妈呀！”他说别喊了，这一疼你就记住啦！

他整日里板个面孔不开晴，就好像谁欠他两吊钱似的，我们都说他是冰窖里的一块石头，没一点儿热乎气。我们又怕他，又恨他，总合计着要坏他一回。有人说在他住的房顶上弄窟窿，一下雨把他的行李都能浇湿了。我们都认为这是个好主意。

一天趁他外出办事，我们就上房把苫房草给掀起一块，又用草虚盖上。过几天一下雨房子漏水，他的行李全浇湿了。我们又开心又害怕，心想这回可捅了个大篓子了，准备着挨揍吧！可出乎意料，他竟没有追查，只自己上房去用草苫盖一下，什么也未说。邻居问到他说是风刮的，我们心里都很不是滋味。以后见到他总觉得欠了他点什么似的。

那时学生没钱交学费，就每人交二升高粱米或包米渣子，当然也有人交小米的，那算细粮了。此外，还要拿一小碗豆油来，是给老师做菜用的，有个学生家里没有豆油，就给老师拿一块风干的猪肉皮来，让老师做菜时拿它先蹭蹭锅。他家就是拿这块猪肉皮蹭锅待客人的，平时还舍不得用。私塾先生接过这块猪肉皮出了半天神，心里很沉重。他把那块猪肉皮吊在房梁上，我们一上学就看见了它。看见了它心里就翻腾，总有点酸溜溜的不好受，当时乡下人真穷到份上了！

那时村里人好议论国事，乱说一通。但他从不参加，他好像对军阀的纷争，从来都反胃。可一天从沈阳传来消息，说日本鬼子占领了沈阳，开始向各地推进了。这天上课时，他突然把我们叫到身边搂着我们放声大哭，他说：“孩子们，我们要当亡国奴啦！”那时我已 9 岁，懂点事了，我们这群孩子就跟着他一起哭……

后来他突然失踪了，村里人都不知他去哪儿啦。一天，抗日义勇军开过来要去打县城，村里人看见了他，腰上别着那杆旱烟袋，背着原来那个旧书褡子，那里装着笔墨纸张，他给抗日义勇军当上了文书。驼个背紧一步慢一步地跟着队伍走，我们几个孩子看着他那张苍老而又带着几分兴奋的老脸，眼睛都湿了。我一冲动跑过去拉着他的手说："老师我也跟你去吧!"

他板着面孔，一甩手把我甩得老远，厉声说："小孩子家不得胡来，以后有你们打日本鬼子的时候。"

随即大步向前走去，头也没有回。

我站在那儿呆呆地望着他，有点心酸，禁不住掉下来几个眼泪疙瘩。

他就是我的第一位启蒙老师。

# 灵魂的颜色

〇徐均生

一个刚住院的小女孩，有一天午后坐在草坪上看天。

她一见我便问："叔叔，您说人有灵魂吗?"

我很惊讶，一个12岁的女孩怎么会问这样的问题?女孩的目光里充满了渴望。

我忽然笑了，反问她："你说人有灵魂吗?"

女孩也笑了，她说："叔叔，我在问您呢。"

女孩真聪慧。我说："人当然有灵魂啊!灵魂是一个人的精神，是一个人的思想……"

女孩频频点头，然后又问："叔叔，那灵魂有颜色吗?"

我顿时被问住了，只好说："你说呢?"

女孩很快活地说："当然有啊。"

我的思想被她激活了："那是什么颜色呢?"

女孩说："当然是黄色的了!"

我不解地问："为什么当然是黄色呢?"

女孩认真地说："皇上、公主都喜欢穿黄色衣服啊!"

我明白了，女孩心目中黄色代表着灵魂的颜色。

很可惜，女孩被确诊为白血病，父母亲的骨髓都不适合移植。医院正在为她寻找合适的骨髓。时间在寻找中悄然无声地过去了。

又一天，女孩坐着轮椅在草坪上晒太阳。我悄悄地走过去，她一回头看到我了，便轻声地叫了我一声：“叔叔。”然后待我走到眼前时，她甜甜地笑了。然后，她仰起头，看了看碧蓝的天空，问我：“叔叔，您说灵魂是什么颜色的？”

“灵魂是黄色的啊！”我把答案还给她。

女孩却一脸认真地说：“不是的。”

我有些意外，这答案不就是女孩告诉我的吗？“那灵魂是什么颜色呢？”

女孩又仰起头来，手指着碧蓝的天空说：“是蓝色的。”

我心里一震，注视着眼前病弱而又快乐的女孩。

女孩说：“叔叔您看，做一只小鸟多好，自由自在地在碧蓝的天空里飞，它想去哪儿就去哪儿，可我，可我……”

女孩忽然流泪了，女孩又忽然坚定地说：“我想做只小鸟！”

我鼻子酸了，眼睛湿了。

我坚定地安慰她：“你一定会成为一只小鸟的，飞得好高好高！”

是的，我坚信。

这不，一个月后，女孩出院了，女孩在草坪上问我：“叔叔，您说人有灵魂吗？”

我回答：“有啊！当然有啊，人是有灵魂的。”

女孩又问我：“叔叔，灵魂是什么颜色？”

我回答：“蓝色的！”

女孩却坚决否定：“不，灵魂是红色的。”

我再次吃惊：“上一次你不是说是蓝色的吗？”

女孩认真说：“台湾叔叔那红红的血输进了我的身体，我的灵魂就变成红色的了。”

“是的，是的，灵魂是红色的。”我连忙点头称是。

女孩又问我："叔叔，您的灵魂也是红色的吗?"

我坦然地笑了，我说："当然，还有那个台湾叔叔的灵魂，也是红色的。"

那个捐赠骨髓的台湾青年，是我经过许多个不眠之夜找到的。

# 吴老翼

〇杨小凡

光绪年间的药都，冬之夜的街巷里，总有悠长的叫卖声：“兔——子——有——噢!”这是卖小跑卤肉的。不知从何时起，药都人开始称野兔为小跑的，也许就是始于这个卖小跑卤肉的老者。老者究竟叫什么，没有人说得清，人们都喊他吴老翼，他刚从龙湾来药都时并不老，只有四十岁上下。

吴老翼在药都是第一家卖小跑卤肉的。他把新鲜的野兔扒皮去脏，用特制的硝盐浸腌数天，用陈年老汤配以三十六种香料，拿腥去膻，文火卤制。冷却后的小跑肉，色泽鲜亮，油浸浸、紫巍巍，透肉见骨。吴老翼总是根据人们的要求，将整兔分成后腿臀、腰脊条、头脖颈、前腿、胸等零卖。颇得药都人的欢喜。

这一天的这一夜，吴老翼来到升平戏楼前，手挎竹篮，提气慢吐，“兔——子——有——噢!”刚喊两声，从戏楼里走出一簇人，走在前面的少爷打扮，左右各有三个青衣壮年。少爷走到吴老翼的跟前：“老头，兔子卖吗?”吴老翼扭身要走，这少爷一步跨来，伸手从篮子拽出一条卤兔，张口便咬。其他几个壮年把他的竹篮夺去，把卤兔拿抢走，竹篮被扔得老远。吴老翼大喝一声：“给我肉钱!”那恶少把刚啃了一口的兔子向空中一扔，猛出一拳，打在吴老翼的脸上，其余各人也向吴老翼打将起来。

“住手!”一声大喊，一白衣青年飞步而来。恶少群七人，见来者单身一人，忽地围了过来。这七人正是药都一霸、西门大街王一尺的大少爷和打手，武功超群，横行药都无人敢问。七人一起向白衣青年扑来。只见被围中间的白衣青年，动如涛、静如岳、起如猿、落如鹊、立如鸡、站如松、转如轮、折如弓、快如风、急如鹰、轻如叶、重如铁，打得圈外的七人团团转不得入身。打了一个时辰，白衣青年似有所累，略一迟缓，外面的七人纷纷进招。白衣青年一声大叫，突然如怒吼雄狮之勇、下山猛虎之威、游龙险爪之狠、骏马腾空之烈，立则山之稳、动则行流水，并不先进，但人进必破、破中求进、逢必进……顷刻间，恶少一行，仓皇而去。

白衣青年也是药都人，姓李名西风，家住问礼巷，乃道教李耳后人。李家也是祖传武功，但也是读书世家，从不张扬，药都人并不知其武学。李西风把倒在地上的吴老翼送到他住的三圣庙，吴老翼并不言谢，且说自己受伤重矣，要李西风每天来服侍他。李西风知他是客居药都的孤身老人，就答应了下来。吴老翼从此便睡在床上，不起。李西风每天早早来到三圣庙吴老翼的住处，给他送来吃的，有时还要给他端屎倒尿。一天、两天、三天、四天、五天……知情者都说李西风碰到了罪业，也有骂吴老翼不识抬举的。但李西风依然如故，吴老翼也依然卧床。

到了第一百天，李西风再来到吴老翼的住处时，吴老翼竟忽地坐起，在屋内伸腿直腰，了无一点病态。李西风见状，就要告辞。吴老翼示意他坐下，“徒拜师易，师寻徒难啊。我来药都24年终于遇到了你！”李西风不解，吴老翼又说，“那天你不仅表现出了侠义，而且其武学深得华佗五禽戏和药都独拳晰扬掌真谛。这一百天来，你又表现了绝好的耐性，你正是我要找的人啊！”吴老翼两颊微红。李西风扑通跪倒，“弟子有眼不识真人！”吴老翼拉起李西风，“药都陈抟老祖所创睡功法及心意六合八法掌，已在药都失传一千多年，我从上海而来，就是要将此法传还药都的。”

此时，李西风才知吴老翼百日未起，竟是传说中的道家功夫睡功法。心意六合八法掌的秘理，李西风只从祖父的口中听过：以意念为主，体合于心、心合于意、意合于气、气合于神、神合于动、动合于空；八法乃气、骨、形、随、提、还、勒、伏……但并无一人知其招式内理。

一年后，吴老翼从药都消失。他不仅把失传一千多年的陈抟睡功法和心意六合八法掌留于药都，而且留下了卖小跑卤肉的行当。每至冬之夜，药都的街巷依然会有悠扬婉转的吆喝声，“兔——子——有——噢!”

# 芒 种

○周海亮

小满过后是芒种。芒种，该种庄稼了。

却没有庄稼。土地被炮火翻起一层，又翻起一层。焦土上散落着弹壳，弹片，水壶，断臂，炸烂的脑袋，凌乱缠绕的肠子。

远方，有河。河套里，有芦苇。那里不是战场，芦苇半人高，连成了片。

山子趴在芦苇丛中，听潺潺的水声。他感觉自己就要死了。他受了伤，白森森的腿骨上，落几只贪婪的绿蝇。他抬手去轰，却轰不走。他就不轰了。他不敢碰自己的骨头。

山子是被打散的。两天前，山子拖一条伤腿，钻进芦苇丛，就一直躲在里面。他听见远处有队伍打过去，几小时后，再有队伍打过去，半天后，又有队伍打过去。终于，枪炮声稀下来，直至沉寂。却不敢爬出去。山子搞不清楚，现在，这里是红区，还是白区？

离他不远处的芦苇在动，有节奏地，窸窸窣窣，窸窸窣窣。

山子端起枪，闭上一只眼。

手指扣紧扳机。身体绷紧成弓。

山子没有开枪。枪膛里只有一颗子弹。山子一直在等。他不敢开枪。芦苇丛很密。他不知道对方是谁，自己人，还是敌人。他终于发现对方的脑袋，看清对方的军装。几乎同时，对方的枪口，几乎顶上他的脑袋。

山子还是新兵。

两个人近在咫尺。他们狠狠对视着。对方的枪，几乎触及山子的眉心；山子的枪，几乎碰到对方的牙齿。山子牙关轻颤，听到的却是对方沉重急促的喘息。山子恐惧到极点。他想扣响扳机。可是他想起家乡的妻子。这么近的距离，两个人，必将同归于尽。

山子不想死。他没有开枪。

……

山子集中意志，盯着对方的脑袋。那脑袋变得模糊，又变得清晰，变得很大，又变得很小，变得很近，又变得很远……太阳渐渐毒热起来，山子的神志开始恍惚。好几次，他的面前，突然翠绿一片，火红一片，金黄一片，漆黑一片。

山子决定同归于尽。

他扣着扳机的手指，慢慢加着力气。

对方突然笑了。扔下枪。

那一霎间，山子想扣响他的枪。他认为自己是胜利者。他甚至看到对方的脑袋爆开，溅出红和白的血。可是他的手指突然僵直，不能弯曲。

对方爬到山子面前，他说，咱们都不是打仗的材料。

山子的枪，顶着他的嘴。他的口水，将枪口打湿。

他伤得很重。一条腿肿得很粗。溃烂处流着腥臭的脓液，爬着密密匝匝的蛆虫。

他从山子面前爬过去。爬几步，停下，解开干粮袋，留下一块饼。他说，谢谢。然后，继续爬。

山子的枪，始终瞄着他，直到他彻底消失在芦苇丛。

那块饼，救了山子。

……

几个月后，打扫战场的时候，山子再一次发现他。他的头歪着，脖子上，两个并排的枪眼。身上到处都是血。血已凝固。他像个千年的陶俑。

那两枪，也许是战友打的，也许是山子打的。冲锋号响起的时候，山子和他的战友，没一人受伤，他们不需要饼。

山子想起他爬走时，还说过一句话。

他说，今天芒种，咱们该回家，种庄稼了。

山子就哭了。

# 木鱼汤

○闵凡利

老和尚决定带着小和尚下山。

老和尚岁数很大了，老和尚是有理由不下山的。可老和尚听了小和尚说的山下那个镇上的事儿后，老和尚知道，他不能再坐在佛堂里念经了，他得下山了。

小和尚也没给老和尚说什么，无非是每天下山化缘时所见到的事。开始的时候小和尚说：师父啊，山下镇上变化得不错了，大家都能吃上饭了。老和尚听了很高兴，问小和尚还有什么。小和尚说，村民之间不像以前那样和谐了，他们好争斗了。其间我就见到两起，是邻居之间的争吵。小和尚看老和尚皱起了眉，忙说，不过他们对佛主还是虔诚的。老和尚听了眉头不仅没舒展反而皱得更紧了，念了一句：阿弥陀佛。没过多久小和尚又说：师父，最近山下镇子的变化比上次更大，很多人家都盖了新房。老和尚念了一句阿弥陀佛。小和尚说：在我化缘这段时间，我也见到了两起不愉快的事，是两家兄弟打架。一起哥哥把弟弟的头打破了，另一起弟弟把哥哥的脸扇了。老和尚听了就又叹气。小和尚见师父的脸色难看，忙说，不论怎样，村民们还是很热衷种善果的，你看我这次下山，比上次节省一半的时间呢！老和尚听了摇了摇头，接着念了一句佛号。后来小和尚又下山，没多久就回来了，比上次快了一半时间。回来后小和尚眉飞色舞地告诉老和尚：现在山下的村民对佛祖可敬拜了，见我去了，每家都给我比上次多一半的香火钱。老和尚听了高声念了一句：阿弥陀佛。小和尚接着说：师父，可我发现村民们之间越来越疏远了。这几天里，镇上就出现过两起父子之间的争吵，其中有一个忤逆之辈把父亲的牙都打掉了呢！老和尚双手合十，高诵了一句：阿弥陀佛！接着就站起身，两眼看着那满面微笑的佛像自言自语：该下山了！该下山了！接着就领着小和尚下山了。

小和尚有点儿不愿意，可没办法，师父要下山，自己能有什么办法呢？老和尚临出庙门的时候，交代小和尚别忘了带着木鱼。小和尚说知道了，就随手拿起佛桌上的木鱼。

镇子里的人听说老和尚来了，都要来给老和尚交香火钱。老和尚一个子儿也没收。老和尚说，我这次来不是化缘的，我是代表佛祖来感谢大家的。为此，我给大家带来了世间最美的木鱼汤让大家品尝。老和尚说：不论谁，只要喝了，他就会成为世上最有福气的人。

镇上的人都知道出家人不打诳语，再说老和尚是得道的高僧，更是不会说假话的。于是就按老和尚说的，在镇上的一片空阔地架起了火。羊肉汤铺的张掌柜从家里搬来一口刚买的大锅，水房的李掌柜无偿地贡献了四桶水，木匠铺的送来了木材。锅架好了，火点着了，锅里的水在熊熊的烈火上开始翻腾了。

这时，老和尚吩咐小和尚把木鱼取出来，然后小心翼翼地放进沸腾的水中。接着，他用木勺舀起来尝了一口，咂了咂嘴说：太美了，我敢说这是世上最好喝的汤！一席话说得大家嘴里流出了口水，大家都想舀些尝尝。老和尚摇摇手制止住，说：现在还不是喝汤的时候，如果能在汤里加上一些盐、葱头儿、花椒和香菜，这木鱼汤会更好喝。几个家里有这些作料的人听了忙跑到家里取来交给老和尚。老和尚把这些作料放到锅里开始搅拌。接着又舀起尝了尝说：如若能再加些新鲜的蔬菜，这个汤的味道会更好！园子里有蔬菜的人忙跑到自家的地里取来洗净放到了锅里。老和尚又尝了口汤说：如果再往锅里放一些肉丝和虾米，这锅木鱼汤会更鲜美！

卖猪肉的白屠户到家里割了一大块猪肉切成肉丝用荷叶包来了，卖鱼的赵掌柜到自己的摊子上取来了虾米……

在老和尚的指导下，凡是家里有做木鱼汤需要的东西的人，都跑回家里取来了。就这样从早上一直到晚上，木鱼汤才做好。等着喝汤的人们都饿得前胸贴后背了。当人们一人端着一只碗在月光下品着木鱼汤时，他们觉得这汤真是太好喝了！

当老和尚问木鱼汤是否好喝的时候，大家都拼命地点头，并说这木鱼汤是世上最鲜美的汤。老和尚说：这锅汤之所以鲜美，关键是大家都贡献了原料和器具。接着老和尚从锅里捞出木鱼说：其实，这个木鱼只是一段木头而已，你们碗里鲜美的汤，其实就是你们相互之间的爱的味道啊！

所有端着碗的人都不做声了，其中那些好争吵的人脸马上红了起来。那几对打过架的兄弟和父子都惭愧地低下了头。

# 脸　红

〇周　波

大概是刚上初中那会儿吧，一天，同班的小燕子报告老师说，她丢了一只电子手表。当时，哪个同学手腕上配戴有电子手表，是件很炫耀的事情。我们都知道，小燕子丢失的电子手表，是她伯父去国外时带回来送给她的。小燕子快急死了，不停地掉眼泪。

班主任魏老师很重视，在我们自修课时特意进来了解此事。魏老师很威严地扫视着下面的同学，然后，她说：看看黑板上方的这些奖状，那是我们全班集体的荣誉。

同学们全懵懵懂懂地听着魏老师讲话，不知发生了什么事。一个个把小脑袋缩进了课桌里，一丝气也不敢出。

我们的小燕子同学今天丢了电子手表，据她讲，就在这课堂里丢失的。魏老师说。

下面顿时起了一阵骚动，大家你看看你，我看看我，一时显得不知所措。

我看见可怜的小燕子当时静静地坐在自己位置上，泪光闪闪，她显然被老师的讲话感动了。

这件事情很严重，它丢失的不只是一只表，而是我们全班的荣誉感和一个学生的人品。我已知道是谁偷走了小燕子的电子手表，希望这位同学能知错就改，勇敢地站出来，我不再追究。魏老师一脸严肃地说。

会是谁呢？这么大胆，连同学的东西也会偷。同学们面面相觑，却又不敢吭声。

时间一分一秒地在过去，课堂里一片寂静。

魏老师从台上走了下来，她开始在课桌间的走廊上踱步。老师边走边不停地看每个人的脸，好多次，她挑着同学们的脸凑近着张望。似乎，那脸上写着字。

后来，我们又听到她大声说话了。魏老师说：再不站起来，我要点名了。

顿时，人人变得紧张起来，我们当然知道不是自己干的，我们是担心即将被点名的那位同学，他或是她，将是多么倒霉的事。以后，还能在同学们面前抬起头来吗？

魏老师还在踱步，她走到第一组，说：是不是很紧张呀？她又走到第二组，说：早知现在，何必当初呢？接着，她拐到第三组，说：你的脸很红呀！干吗要红呢？

魏老师走到我面前时，拿眼扫了我一下，吓得我赶紧低下头去。我感觉自己的脸突然间热腾开来，像发烧一样烫。我的脸一定很红吧，我想。当我用手去遮盖脸时，听见魏老师说：周波，你到我办公室来一下。

魏老师怎么点我的名呢？小燕子丢的电子手表不是我拿的呀。

我……我……不是我拿的。我突然结巴起来。

你先出来。魏老师背着手非常坚定地说。

我只好站起来。在学校里，学生听老师话是天经地义的事。我想过，如果老师误解我了，我去解释清楚。

于是，在那个鸦雀无声的课堂里，我在众目睽睽之下跟着魏老师走了出去。我看见同学们的脸这会儿全是苍白的。他们的脸是退色了还是压根就没红过呢？很久以后，我一直想着这个问题。

在魏老师的办公室里，魏老师问我：为什么要拿小燕子的电子手表？

我说：我没拿。

肯定是你拿的，凭着我这么多年教学的经验。魏老师说。

为什么一定是我？我开始反抗。

你的脸红了，没拿的人脸是不会红的。魏老师说。

同学们的脸都红了。我说。

红的不一样，你特别红，我还看见你的额头上在出汗。魏老师继续说。

就凭这个？我觉得额头直冒冷汗。

只有心虚的人才会脸红，才会出汗，才会心跳加速，才会说话结巴。如果真不是你拿的，为何不在课堂上进行反驳？为何就这样低着头跟着我走出了课堂？魏老师依然不紧不慢地说着。

我瞪大着眼睛看着魏老师，魏老师的脸咋就不会红呢？我再次感到奇怪。我同时也为自己那不争气的脸红感到羞耻。

魏老师在办公室一直劝着我，她是铁了心认定我是那个贼。我当然不会承认，我哭着从她办公室跑了出来。

后来，在同学们像瘟疫似的避着我时，我决定转学。爸妈吃惊地问我：怎么回事？我说我太会脸红，遇上芝麻点的事我就会脸红，我做不到不脸红。

谁都会脸红呀。爸妈说。

我的脸红和别人不一样，老师和同学们都这么说的。我说。

我现在仍然常常脸红，始终改不了。在我怀疑自己是不是得了某种不治之症时，我甚至偷偷跑去医院。医生说：很多人都这样，都会脸红，这不是病。可我知道，我得的是病，我的脸红绝不是天生就这样的。

这些年，我像怕患癌症一样怕自己脸红，在我想掩饰自己的脸红时，我的脸红得更厉害。握一下女人的手我就会脸红，上班迟到一分钟我就会脸红，同事递过来一支口香糖我就会脸红，进商场购物我就会脸红，领导找时我就会脸红，开会发言时我就会脸红，下班见妻子在洗衣烧菜我就会脸红，去幼儿园接女儿回家我就会脸红，看见老师来家访不但脸红，连心速也快加快，呼吸感到吃力。看来，我的脸红是没法改变了。

# 胜利者

〇程宪涛

大师微合双目躺在逍遥椅上，弟子的嘴巴凑到大师耳朵旁边，大师，富商张登门拜访。

大师皱皱眉头，不胜厌恶。

这是第六次了，以前都是管家或者贴身亲随送帖子，这次破天荒亲自相邀。

不会又是他老娘大寿或者小妾生孩子，请我去装门面吧？

这次他说……

说什么，吞吞吐吐！

要和您手谈！

大师一愣，欠起身体，眼睛睁大了些，就像从阴云中透出光亮来，手中的扇骨次第合拢，冷笑道，不知天高地厚，这些商人以为手里有些臭钱，就可以为所欲为，居然想和我对弈！你没有告诉他，和我下棋每场需要一百两银子吗！

弟子通告了他，富商张认为出场费的价格很公平，能够体现大师的智慧和价值。

大师获得些许安慰，重新躺下缓缓道，这件事情全权由你安排，要请本地几位德高望重的乡绅，做一个旁证，让富商张知道他在班门弄斧；要签署一张约定，白纸黑字不可食言反悔，商人都是狡猾的。

合同之说，富商张想到了，说明无论他输或者您赢都会按规定支付您银子，双方不许拒受或者拒付，否则加倍惩罚。

比赛在大师下榻的客栈举行，按照大师的吩咐，造了很大的声势，人们知道当今的国手来到本地，要和富商张较量，一个依靠智慧，一个依仗财富。

富商张在手下的陪同下早早来到客栈庭院中。石桌石椅古柳香茗。大师姗姗来迟，似乎用这种傲慢显示对富贵者的不屑和藐视。

富商张在大师的眼里和想象的有差距，富商张像翩翩儒者，明眸皓齿，气度不凡。大师在富商张的眼里和想象的也有距离，大师大腹便便、脑满肠肥的样子，看不出他是享誉江北的国手。

双方落座，富商张先手，他抿一口碧螺春，随意于棋盘上点落一子。真是石破天惊！此种开局大师见所未见闻所未闻，他知道在这个看似狭小的黑白世界，却蕴涵无限的想象空间，拘谨的条条框框中包容宇宙一样的博大和无形。这是没有物质的建筑，是没有形体的艺术，往往无知中潜伏着杀机，笨拙中蕴藏着智慧。

大师小心应付。俩人你来我往，不待侍从续水，胜负已成定局。大师的紧张疑惑转瞬化为轻松愉快，富商张谈笑风声插科打诨。以后的九场比赛毫无精彩而言，富商张不堪一击，大师来不及表现丝毫的技巧，富商张即落花流水投子告负。

富商张的情绪没有丝毫的沮丧，斯文且适宜地恭维大师，不温不火恰到好处，让人舒服得想闭目酣睡。富商张向外挥挥手。客栈大门开启，几个担担子的大汉鱼贯而入。

富商张微微一笑，冲惊讶的大师道，这是您赢得的千两银子，被我命人全部兑换成铜钱，在整个村镇示众一天，以显示您的高超技艺，现在这是您的了。不过我告诉您一点，方圆千里谁人不知我纵横商海所向无敌，但是对黑白棋子一窍不通。所以您赢的不是我，而是……哈哈。

大汉们在富商张的示意下把所有的铜钱倾倒在客栈的庭院中间，就像小山一样。大师刚要说话，富商张抢先道，我们事先有约定，不可以拒付或者拒受，否则将双倍受罚，如果你甘愿受罚，可以把钱捐给寺院，哈哈。

大师从此名声锐减。

# 苗　苗

○饶建中

上课铃响后，我夹着课本朝班上走去。

离教室很远，就听到孩子们唱起了上小学第一天我教给他们的第一首歌：“我在马路边捡到一分钱，把它交给人民警察手里边，叔叔拿到钱对我把头点，我快乐地叫一声‘叔叔再见，再见’！”

我知道这是文艺委员苗苗发的音。听得出，她的嗓音格外响。

歌声刚落，苗苗跑来对我说：“老师，我在上学的路上捡到一张邮票，一直没见到警察叔叔，请您帮我交给警察叔叔吧。”

瞧着苗苗递给我的邮票，我差点笑出声来。不过我还是说：“苗苗做得对！同学们都要学习苗苗拾金不昧的精神。”

下午，我在办公室改作业，突然听到有人在门口小声喊：“报告！”我抬头一看原来是苗苗，身着洁白的连衣裙，酷似一朵含苞欲放的小荷花。

我让苗苗进来，问她有什么事。

苗苗歪着头对我：“老师，我那张邮票您交给了警察叔叔吗？”

我猛然愣住了。但毕竟是做老师的，反应敏捷：“给了给了，警察叔叔还表扬了你呢！”

“真的吗？！”苗苗的眼睛睁得又大又圆，湛黑的眸子里闪动着异常的亮光。

“谢谢老师！”苗苗说完，便欢蹦乱跳地朝教室奔去，嘴里还大声唱着："我在马路边捡到一分钱，把它交给人民警察手里边……"

看到苗苗犹如一只小蝴蝶飞进了花朵似的孩子群中，我真不忍心告诉她，那是一张盖过邮戳的邮票呢。

# 角　色

○乔　迁

张林是个小明星。

张林年龄其实并不小，50岁了，之所以被叫做小明星，是因为所扮演的角色都是小角色，没演过大角色，因此称不上大明星。可只演小角色的怎么能够成为明星呢？那是因为张林小角色演得好，演得多，总在屏幕上露脸，虽然每部电影或电视剧露脸的时间都不长，但架不住总露脸，就把脸混熟了，观众又喜欢把总在屏幕上扑腾的叫做明星，因此张林被叫做了小明星。

小明星张林没统计过自己演过多少个小角色，但一百多个总是有了的。一百多个小角色囊括了各行各业形形色色的人物，可以说把电影或电视里所有的人物都演遍了。当然，都是小人物。张林没演过主要人物或重要人物，主要人物或重要人物也是从小人物一步步走出来的，张林相信自己有一天也会演主要人物或重要人物的。还别说，把小人物演全了的张林突然就被知名导演万全相中了，请张林出演一个重要人物——剧中的男二号。万全亲自来找张林，这让张林有些受宠若惊。张林曾在万全拍过的几部电影里演过几个小角色，万全很满意，因此留下了深刻的印象。这次，万全之所以想到让张林出演影片中的男二号，是万全觉得张林跟自己想要的男二号特别神似，这个男二号几乎就是给张林准备的，除了张林，不会再有人比张林演出的效果更好了。万全的亲临，让受宠若惊的张林激动不已。可当万全告知张林要出演的角色时，张林脸上的欣喜慢慢地消失了，他惋惜地叹了口气，对万全说道：“这个角色我演不了，您还是找别人吧！”万全就怔住了，他没想到张林竟然拒绝让他出演男二号的机会和好意。这太令人惊讶了。万全望着张林说：“我看过你演过的很多角色，我认为你绝对能够演好这个人物，而且，这对你来说，也是一次不容错过的机会。”张林苦笑着摇摇头说：“我真的演不了，您还是请别人演吧！对不起。”张林站起身，冲万全深深地满含歉意地鞠了一躬。这一躬把万全弯得有些慌措，看张林态度坚决，不无遗憾又不愿放弃地说道：“我真的希望你来演这个角色，我也相信你演这个角色一定比别人演得好，我有感觉的。这样，我给你三天时间考虑。”张林还是不假思索轻轻地坚决地摇了摇头。

万全退出张林的家，他真希望张林不是摇头而是点头。万全想不通张林为什么拒绝出演男二号，他立刻让人把张林所有演过的影片都找来，通看了一遍，他发现张林竟然一次也没有演过日本兵，而他这次给张林的角色就是一个日本军官。万全心里跳动了一下，立刻派人去了张林的家乡。很快，消息便回来了，张林已没什么亲人了，据村里人讲，张林出生不久母亲就死了，他和一个残疾爹相依为命，二十多岁时他爹也死了，他就离开了村子。不过，张林每年都要回去一次的，每次回去都要挨家挨户走一走，送上点礼品或钱。村里一个近八十岁的老人说，张林爹的残疾好像是日本兵打的。万全似有所悟，张林不演日本军官怕是如此的一个症结呀！可这个角色张林不演，会使影片逊色不少啊！怎么办呢？怎么能让张林出演呢？万全直挠头。去打探消息的人看看万全说道：“张林每年都给村里的小学捐钱。听校长说，张林说过，等挣了大钱就给村里盖一所学校。”万全眼睛一亮，狠狠地攥了攥拳。

万全对张林说：“我给你家乡盖一所学校，你看……”

张林原本坚挺的头颅缓缓地垂了下来。万全悬着的心咚的一声沉实了，但沉得有些痛。

影片拍摄十分顺利，张林扮演的日本军官演得很到位，把战争中日本兵的凶残和冷酷都表现了出来，让万全十分满意。万全确信，这部影片上映后，张林的片约会接连不断，而且完全可能成为出演日本兵的“专业户”。在拍摄完一个镜头后，十分满意的万全高兴地拍着张林肩膀说道：“你要一鸣惊人了，以后这日本兵的角色没人敢跟你争了。”张林望着万全，面无表情地说道：“我不会再演日本兵的，永远不会！”万全笑笑说：“演戏嘛，认真但不挑剔，有多少人想演演不上呢！”张林苦笑了一下说道：“我不想，也不会再演了。”说完，默默地走开了。

三个月后，影片即将拍摄完毕，张林要表演的最后一组镜头是：战败了的日本军官切腹自尽。一切准备就绪，万全一声令下：开拍！只见张林缓缓地抽出战刀，对准了自己的胸膛……镜头推向张林的脸，张林的脸只要做出刀刺入胸膛后痛苦的表情就可以了，一会儿再拍一组经过技术处理的刀插胸膛的镜头，一切就圆满结束了。镜头对准张林的脸，张林突然笑了一下，这一笑让万全有些恼火，抬头冲张林喊道：“不对，不是笑……”万全突然惊呆了，他看见张林手中的战刀一抖，直直地插进了自己的胸膛。所有的人都被这突如其来的巨变惊呆了，愣愣地望着战刀插进胸膛的张林微笑着缓缓地倒在了地上。

人们在张林的衣兜里发现了张林留下的一封信，信已被张林的鲜血染红了，信中写道：其实，我是一日本人！我父亲是一个受伤的被部队遗弃的日本兵，生命垂危的他竟然被一个日本兵祸害了的乡村姑娘救活了……我痛恨战争，痛恨战争中的日本人。我再也不会演日本兵了！永远不会了！

# 梅镇的夏天

〇伍中正

天气越来越热。从梅镇那棵粗大榆树上看起来越来越绿的叶子，就可以断定，夏天要来了。

夏天一来，镇上就来了一个跛腿年轻人。他看了看高高的梅镇再看了看高高的榆树，就不再往前走，一屁股坐在了粗大的榆树下。

老榆树不认识他，梅镇人也不认识他。年轻人第一次出现在梅镇，就是一副可怜兮兮的样子。脸上脏，衣服脏，腿上更脏。露出的右小腿像烧糊的米饭，样子很难看。跟着他一起来的还有一提包，提包是牛皮做的，不新不旧，只要拉链哗啦一拉开，提包的口就张得大大的。

梅镇人不知道他从哪里来的。老榆树开始同情他，给他遮阴又给他遮雨。

梅镇人开始同情他。有人给了他衣服，还对他说，你那件衣服太旧了太脏了，换换吧。年轻人顺手就接了衣服，说了几声“谢谢”。他把衣服放在身边，眼睛盯着小腿，小腿在一点点溃烂。他觉得离自己数钱的日子不远了。

有人给了他凉粥，对他说，一天到晚在太阳底下坐，口里肯定干得厉害，喝了吧。年轻人顺手接了凉粥，一口灌下。灌完，连说“谢谢”。之后，他眼睛盯着小腿，很艰难地移动了一下，给他凉粥的人看了很伤心。年轻人觉得数钱的日子就在眼前。

有人给他菜饭，还对他说，一天没吃饭了，肯定饿坏了，赶快吃了吧。年轻人顺手接了饭碗，筷子在一个劲地往嘴里扒饭扒菜。吃完，他的眼睛再盯着他的腿，再不做声。他觉得再过一天，就到了数钱的日子。

梅镇很多人都在同情他。梅镇的夏天，就有了一个话题，很多人说来镇里的那个年轻人可怜，太可怜了。年轻人也听到了他们的议论，也低下头，暗暗地流过泪。

从梅镇那棵粗大榆树上传来的长长短短的蝉声就知道夏天渐渐过去，年轻人没有要离开的意思，听着那蝉声，就小睡一会儿。

有的人再给他衣服，他摇了摇头，说，给我点钱吧，我还等着钱上医院治腿呃。给衣服的人就在自己的口袋里掏出了钱。

有人再给他凉粥，他摇了摇头，说给我点钱吧，我还等着上医院，再不上医院，我这腿就废了。给他凉粥的人回到家里，拿来钱给了他，说，赶紧上医院吧。

有人给他饭菜，他摇了摇头，说，给我点钱吧，我还等着钱上医院，再不上医院，我这腿真的就要废了。给他饭菜的人从口袋里掏出了钱。

年轻人没有离开梅镇。他每天在梅镇人同情的目光里获得了上医院的钱。夜幕降临，他就开始数钱，数那些轻易换来的钱。数完，他自如地拉开提包的拉链，把钱放了进去。然后，他很狡猾地一笑。一抬头，他从那些繁密的枝叶间，能看见梅镇天空里的星星。

梅镇人眼里的夏天很快就要过去。很多人都在担心年轻人。一个夏天，他应该有了不少的钱，应该拿着很多钱离开梅镇到医院去。

又有人站在了他的面前，看着他，说，上医院的钱差不多了吧？

年轻人摇摇头，说，昨夜里让一伙人抢了去，真的回不去了。

很多人听说了他的遭遇，在他的面前丢下一张张的钱，就走了。

很多人又来了，在他面前丢下一张张钱。

年轻人看看梅镇的天，一张一张地叠起了那些钱，快速地放进了包里。

蝉不在那棵榆树上叫了。年轻人用手擦了擦他跟焦糊米饭一样的小腿，艰难地站起身。起身那刻，那块焦糊的东西，很快地脱落。

梅镇有人看在眼里，然后看见年轻人很快地跑出了梅镇，跑出了夏天。

很多人不知道，年轻人就是我的亲兄弟。我的亲兄弟跑了多久跑了多远？

我知道梅镇隔我的村庄一百多里，他是哭着跑回来的。他的女人得了癌症，死在了医院的病床上，欠下一屁股债。医院的院长说，要是还不了，就不用还了。我兄弟死活不依。

我的亲兄弟从那以后满镇子乱跑，在自己的腿上，用一种很浓很粘的猪血贴着，样子怪难看的，博得了很多人的同情。

我的亲兄弟从梅镇回来就把那些钱还到了医院。医院院长说，我的亲兄弟很讲信用，差了医院的医院药费还记得还。医院院长还留他在医院里吃了一顿饭，饭吃到一半，他把一些没有动筷的菜，用一个白色的饭盒，装了满满一盒，来到了他女人的坟前。

从女人的坟前回来，我的亲兄弟对我说，哥，我再不用那块伤疤骗人了，等我以后有了出息，我就到梅镇去，找到那些给我衣服给我凉粥给我饭菜给我钱的人，好好报答他们。

我一把抱着我的亲兄弟，只听他在我的背后一字一顿地说，哥，我以后，再不骗梅镇的人了。

# 康波的“柔蜜儿”

○陈　敏

康波兴冲冲出门，一路哼着小曲，手里的提包装有各种“柔蜜儿”牌的化妆品。最近一直看好的业绩使他对自己充满信心。他穿过花园的小路，向名人街走去。那里是富人们居住的区域，里面总住着一些为富人打杂工的女人们。她们在那些阔绰的太太们的影响下也渴望能化点妆，让自己的脸也美起来，可往往囊中羞涩，力不从心。

长期推销化妆品的经验使他明白怎样才能把那些很普通的化妆品通过语言的包装推销给那些从来不化妆但却十分渴望化妆的女人们。

康波长得英俊，一口洁白的牙齿笑起来把一张黝黑的脸衬托得很灿烂。他健谈、风趣，说话也得体，一般的女人们都很爱听他说话。他知道他的这一秘密武器是他走向成功的敲门砖。

他来到一个带有花园的别墅前，摁了门铃。过了好长一会儿，一位长相极其普通的年轻妇女开了门。他打量了妇人一眼，发现她的眼角已经长出了皱纹，皮肤很干燥，面庞也有些憔悴。他一眼就觉察出这个妇人不是这个别墅的主人。他知道他碰对人了。一大早出门，第一眼能遇见个女人，则表明他的一天都会有好的收获。康波有时很宿命。他立即从提包里取出他的各种化妆品让妇人看。“小姐，您好。”他满脸的笑都堆了起来。“小弟送您一套化妆品试试，效果不好不要钱，用后您会立即感到自己会年轻十岁的……”

“不要，不要，快走开吧，我从不化妆，不用化妆品。”他的话才刚开始说，眼前的防盗门就“哐”地一阵巨响，关了。他愣在了门外。

康波没有生气。一个推销员遇到这种冷遇是家常便饭。要取得成功，重要的是得有耐心。他绕过花园，来到别墅的后门。透过发出幽幽蓝光的玻璃窗，他看见那女人正在厨房里摘菜。他知道她正准备午饭了。

他又去敲厨房的门。

“怎么，还没走啊，我不是给你说过我不用化妆品吗，咋还赖着，快走吧，我再给你说一遍我不买化妆品。快走，快走!”

康波觉得自己像一只苍蝇一样被吆喝地往外赶，不过他完全能沉得住气。

“小姐，您的面庞其实是相当漂亮的，尤其是皮肤，基础很好，您看这样行不行？如果您不嫌弃，您一边摘菜，一边听我给您讲我这种化妆品的特殊功效，怎样？像您这样的风采，如果不试一下我的化妆品您会后悔的。”康波露出洁白的牙齿给妇人笑。

“行了，你这个赖皮，那就进来吧，不过，你最好离我远些，我可不想让你的唾沫星子蹦到我的菜里，我家主人可是特别讲卫生的。”说完后，她把一个独凳子推到厨房的角落让康波坐。

康波坐了下来。他从提包里取出化妆品一样一样地给妇人做详细介绍。他的嗓音低沉、沙哑中有一种金属的质感，妇人很快就忘记了手里的菜，认真地听了起来。他越讲越有劲，妇人听着听着嘴角就笑得翘了起来。忽然，她打断了康波的话：“等一下，我去拿纸和笔来，我想把你说的话记下来。”说着，她就进了小屋拿纸和笔。康波听到一阵纸的窸窣声。有门！这笔生意准做成了。康波心里一阵暗喜。

妇人让他把刚才讲的话再讲一遍。看着妇人要记录他讲的内容，他讲得就更加细心了。有时还把一些关键的部分给妇人重复好几遍，唯恐她记漏了。

他讲了很多，已经口干舌燥了。最后，他说："怎么样，小姐，留一套吧？我给您按最低价格算，一套240元。""什么？240元，'柔蜜儿'这牌子出厂价才50元，你也太贪心了吧？还最低价呢！再说，我一个下岗工人哪里有钱买那玩意，你快走吧，我要做饭了。"说着她就打开门让康波走。

康波这次可是全愣了："可您刚才还是非常感兴趣的呀，您还把我所说的话都记下来了呢！可您怎么翻脸就不认人了？"

"告诉你吧，小伙子，我和你一样，也是推销化妆品的，平时出来打点钟点工。和你相比，我就差远了，嘴巴不会说，生意做得不好，我把你说的话记下来，是想向你学习的，明白吗？快走吧，我要做饭了。"

# 担子

○杨崇德

一场雨下来，灰尘被冲得无影无踪。弯弯曲曲的山道里尽是些裸露的石子。雨后的山间，空气格外清新。偶尔几声鸟鸣，让人好不惬意。弯陡的羊肠道上，两双鞋在衡量：草鞋在前，皮鞋在后。草鞋被磨得很薄，后跟有些儿破损；皮鞋亮锃锃的，很是晃眼。

六十多度的斜山坡上，草鞋迈得和皮鞋一样艰难。两只大提包和两条蛇皮袋所构成的“吱嘎”担子，将驼背草鞋人压得气喘吁吁。

“爸——我来挑一程吧!”跟在后面的皮鞋人喘着粗气说道。

“我顶得住。”草鞋人汗流满面。

皮鞋的位移在陡道上逐渐变小。那张蜗牛背驮着那副“吱嘎”担子在使劲往上爬。

“叭——”担子散落成四个包，包顺了路道一直滚到皮鞋边。

草鞋人跌进了杂草丛中。

“爸！怎么了？怎么了?”皮鞋飞爬上来。草鞋人艰难地爬出草丛，立在道上，脚杆上露出一道血口。草鞋人很乐观，话中带笑。

“爸，还是我来挑一程吧!”皮鞋人抢着担子说。

“刚才草鞋不小心挂到了路边的树根，不碍事的，我还能挑。”草鞋人持着担儿坚决不让。

在“吱嘎吱嘎”的重担声中，草鞋人问了很多城里的事，并在为人做官的事情上千嘱万咐。皮鞋人回答得满头大汗。

“爸，我来挑吧，你已经挑了一个多钟头了。”皮鞋人双手抢着担子，乞求说。

“下了这道坡，就是马家溪了，到那儿你再挑吧！”草鞋人移动着带血的草鞋，撂出这一串话。

两个人的队伍来到马家溪枫亭口。这是路人在马家溪地段走村过户的起点。草鞋人将担子迅速压在了皮鞋人肩上，自己则在后面横了衣襟擦汗，而后又摆一副悠闲的样儿。

皮鞋和草鞋在马家溪大院中间移动着。

马家溪的村民个个眼红，纷纷夸道：满福爷，您可真有福气哟，养了个好儿，城里能当官，乡里能挑担……

草鞋人心里像灌了蜜。草鞋人将早已从皮鞋人衣袋里掏出的翻盖烟，隔了老远一根一根甩过去。夸奖的人们就纷纷伸出手，迎接草鞋人甩过来的烟。

走过马家溪，又是一段漫长山路。当马家溪最后一户人家消失在眼帘时，草鞋人急忙冲到皮鞋人身边，毫不含糊地要求皮鞋人将担子交给他。

皮鞋人企图再挑一程。草鞋人说，算了算了，这哪是你城里人挑的事，快快放下，千万别弄脏了衣服，城里人应该斯文些，不要像乡下人，半个钟头后，就到罗家冲了，过罗家冲院子时，你再挑吧！

草鞋人夺过担子，驼背前行。

望着草鞋人负担的背影，皮鞋人心里在流泪。

# 花　坛

〇胡　炎

八年前。

A局长上任，在办公楼前筑起一座花坛，内植佳卉香草，姹紫嫣红，悦人鼻目。

六年前。

B局长上任，绕花坛踱步一周，翌日，命施工队将花坛拆掉重建，突出现代气派和文化格调。未久，花坛果然焕然一新，风姿不俗。

四年前。

C局长上任，高屋建瓴，雷厉风行，召能工巧匠若干，于花坛内镂刻搭砌世界著名微缩景观。花草掩映，飞瀑流泉，颇为壮观。

两年前。

D局长上任，望见花坛即刻蹙眉，遂身先士卒铲除之，道："国家机关不是公园，当呈勤俭朴素之貌，安可兴奢侈豪华之风，代以草坪为佳。"花坛不复存在。

今年。

E局长上任，在办公楼前徘徊几遭，沉思良久，终于拍板："为改善工作环境，创建三优单位，要建一座美丽怡人的花坛。"

……

# 家

○刘　柳

小孩子一直跟着父亲过，父亲对他很凶，于是，孩子很怕他的父亲，在父亲面前他头都不敢抬一下。

一天，父亲又把孩子反锁在房里。孩子一个人烦了，便在房间里乱翻。后来，便翻出一张照片。照片上一个人是他父亲，他父亲边上站着一个陌生女人，他们俩人前面有一辆手推车，里面是一个小婴儿。孩子痴痴地看了很久，意识到那个陌生的女人就是他的母亲。

孩子从没见过他的母亲，以前他问过一次："爸爸，别人都有妈妈，我的妈妈呢?"回答孩子的是大声的责骂和一对瞪红了的眼睛。从此孩子再也不敢问有关他母亲的任何一点事了。

孩子咬紧了嘴唇，下意识地翻过照片。照片后面竟是一个特大的"家"字。孩子不知道这是什么字，但他很想知道这是什么字。孩子看了一会儿，用一张薄纸一笔一划地摹了下来。

父亲一回来，孩子便拿着纸，唯诺地问："爸爸，这是什么字?"

"家。"父亲斜了一眼。

"家?!"孩子反复念着，又问，"家是什么意思?"

父亲古怪地望着孩子，仿佛意识到什么，忽然大吼："家，就是你老子，我——"

孩子吓着了，睁大了眼，不明白父亲为何这样生气。

孩子上学了，一次，老师教他们查字典，并要求放学后不断练习。孩子很听话，在练习查字典时，忽然想起了照片后面那个大大的“家”字，他迫切想知道家是什么意思。

孩子很快查到了家字。

下面是这样的注释：

家：1. 用在某些名词后面，表示属于那一类人；

2. 用在男人的名字或排行后面，指他的妻。

家：同“价”，如整天家，成年家。

孩子反反复复地看着这些注解，发现这些都不是自己想要的。孩子觉得鼻子酸酸的，父亲总为一点儿小事，对他不是打就是骂，我怎么有这样一个父亲呢？孩子想，“嘭”地合上字典，呜呜地哭了。“我没有家”，孩子想，恨起父亲来。

后来，孩子长大了，长大了的孩子迫不及待地离开已经年迈的父亲。再后，孩子结婚了，孩子结婚后从不去看父亲，只按月寄钱给父亲，尽一点儿子的义务。

他很好学，一次在看书时遇到了一个生字，便翻开字典查找，偶然地，他翻到了“家”。

家：1. 家庭；人家；他~有三口人——

他呆了，想起了以前查找“家”字，并没找到这一注解。看了看，他才明白了自己的过失，这一注解在另一页，以前他根本没注意到这一注解。

家：1. 家庭；人家；他~有三口人。他若有所思地看着，突然他想起了父亲。

几天后他把父亲接到了身边，他妻子很贤慧，对父亲很好，一家三口倒也其乐融融。这时，字典里的字会跳出来，家：家庭；人家，他~有三口人——

他知道自己有家了。

# 蚂蚁，蚂蚁

〇高　军

接手新班级上第一节课，高老师就发现一个空位子，他心里动了一下，但没流露什么。等课堂巡视辅导的时候，他好似无意地走过去，桌上课本有些乱，桌面上压着一张纸条："汪兵座位，若有人动，定然挨揍！"他一惊，接着又若无其事地继续巡视着、辅导着。

高老师下课后一了解，江兵原来是个经常旷课的学生，还好欺负同学，个子很矮小，但全班学生都怕他。他不但能指挥本班比他高大的学生为他干这干那，还能让高年级的学生为他出面打架。班主任告诉高老师说，正准备把他开除呢。

高老师眯着眼睛沉思了一会儿，缓缓地说，先别，我治治他试试。

班主任笑笑，开除不是好法子，但留着影响班级的成绩啊，其实真推向了社会，就有可能毁了他，留下也好，再教育教育看吧。

高老师是语文教师，教学思想很开放，在课外常组织一些活动，学生们很踊跃地参加。他发现在养蚂蚁活动中的汪兵眼睛里贼亮贼亮的，就宣布让汪兵负责这个小组。

这个小组是跨班级成立的，需要好好组织。同时，把蚂蚁养好了，能培养学生的广泛爱好，卖给酒厂、药店也能为组织课外活动增加一些收入。

汪兵接受任务时，高老师只是淡淡地说："我知道你的特长是有一定的组织能力。管好蚂蚁，就看你的了。”汪兵抿着嘴唇使劲点了点头。

此时，很多学生的眼睛里流露出明显的轻蔑神色，汪兵也都看到了。

从这以后，汪兵不再逃学了，所有心思全都用在了饲养蚂蚁上去，指挥着这个小组的学生们，一会儿干这，一会儿干那，小脸上经常红扑扑的。

高老师发现汪兵爱上《动物》课了。一问教《动物》课的老师，果真如此。在课堂上能听课认真，爱问这问那的了。

这天在他们喂养蚂蚁的时候，高老师很随意地去看，结果大吃了一惊。

汪兵嘴唇上横着两片树叶，双眼眯着，上半截身子左右晃动，嘴里吹出了有腔有调的小曲，另外几个学生就给蚂蚁投食。蚂蚁们出出律律地爬动着，叼起食物使劲搬运着，咬噬着。过了一会儿，汪兵两手就像乐队指挥打拍子一样往胸前一拢，其他几个学生就全部站直了身体，也在嘴唇上横上树叶。待汪兵的手势从胸前再往外一扩时，这几个学生就跟上他吹的调子，一同吹奏起来。过了片刻，他们几个瞅向蚂蚁的眼睛里光光亮亮起来，脸上的笑模样也荡漾开去。高老师发现，怪事发生了，蚂蚁们竟然全都停了下来，好似在竖着耳朵欣赏音乐呐。

他们的吹奏告一段落时，高老师看到汪兵的头上冒着热气，另几个学生脸上也汗津津的，就笑问道：“看你们的样子，也真够投入的啦。”

学生们都笑了，腼腼腆腆的，只有汪兵接上了老师的话茬，大方地说：“服从命令听指挥呀，您不是让我们管好蚂蚁吗？我们正在训练它、管理它呢。没想到的是，还真有了效果。”说着这话的时候，他们都充满了成功的喜悦。

“下一步打算怎么干呀？”高老师好奇地问。

汪兵蛮有劲地攥攥拳头，上半身又晃了晃，充满自信地说：“老师我已经托人了，给买些有关蚂蚁的书，好好研究一下它们的身体结构啊，生活习性啊，开发前景啊，等等的吧，还包括我们吹树叶，它们是真的有反应，还是有其他原因的一种假反应。”

“行啊，这是什么档次呀，简直有点科学家的味道啊，等等的吧，呵。”高老师耸耸肩，摊摊手，笑着。

学生们也全都轻松地笑了。高老师看到，汪兵眼睛里的光更亮了。

逐渐地，汪兵不再惹事生非了，对其他科的学习也兴趣大起来。不旷课了，学习认真了，成绩就好起来。班主任对高老师说：“还真行来，管好蚂蚁教学法!”

毕业后不几年，汪兵竟成了镇上的“蚂蚁大王”，办的大型养殖厂被称为“江北第一”，还把蚂蚁卖到了国外去。

他在厂里经常说的一句话是：“管好蚂蚁!”

# 杀　驴

○相裕亭

六叔把他那脏乎乎的袖子，挽到胳膊肘上的时候，就想到，等会儿这胳膊，连同那把已磨得锋利的尖刀，一起扎进墙角那头倔驴的胸腔里。

这阵子，六叔正蹲在小院的石磨旁抽烟呢，脚边的砖头上，已磕了一大堆烟灰，仍不见西巷的他三姑夫来帮忙。

都说好的，叫他吃过早饭就来，怎么就不来了呢？六叔有些急不可耐了，自个儿去墙角解下驴，就要往小院篱笆墙边那个准备放血的瓷盆前牵时，忽而想到：忘了找根绳子，把驴的四蹄绊上。随后牵驴至小院的石磨前，就手把驴绳扣在磨把上，等他从屋里找好绳子出来，发现那驴已不在磨把上了。

此刻，那倔驴，正新奇地站在篱笆墙边的放血盆旁，轻摇着尾巴，嗅着那堆刚挖好的新土。

六叔后悔刚才没有把驴绳系牢实。打个死扣就好啦。

六叔手中握着刀和绳子，一步门里一步门外地轻唤一声："灰儿——！"

往常那畜生虽倔，但，就凭六叔这一声唤，不管它跑得多快多远，立马就会停下来。可今天，那畜生好像识破六叔拿着刀子、握着绳子要来杀它，不听呼唤不说，反而，倔劲上来了，六叔那边唤它，它这边调头走开了。

六叔跟这畜生缠了七八年，深知它的性情刚烈。慢慢跟在后头走了几步，想乘其不备，一脚踩住那拖拉在地上的驴绳。

谁知，那畜生极有灵性，每次不等六叔抬脚去踩绳子，那驴子便调头跑开，且始终和六叔保持着一段不远不近的距离。六叔快，它也快；六叔慢，它也慢；六叔站着不动，那畜生还停下不走了。幸好六叔家的篱笆院儿大，连追了几个回合，也没伤着院里的盆盆罐罐，只是满院的鸡呀鸭的吓坏了，惊得四处逃窜。

后来，也就是六叔看那倔种向东南角篱笆墙的豁口处靠近时，六叔的心里有些发毛，他假装不追了，绕到石磨后边，稳定了一小会儿，看那驴子向远处张望时，便猫下腰，轻手轻脚地从驴的后面往前挪了几步，还想再挪几步……就在他要靠近驴时，猛一个箭步去踩驴绳。岂料，那驴子好像早有准备，几乎是瞬间一个跃身，扬开四蹄，跳出了篱笆墙。

这一来，六叔慌了！他大步跨过篱笆墙，扯开嗓门，声嘶力竭地冲小街上大声呼喊："截住！把驴截住——"

还好，幸亏那是小村腊月天，小街的太阳地里，石子、瓦块下棋的人很多，前后一堵截，就把那驴子围困在街心了。最终，那畜生走投无路时，昂天"呜啊——呜啊"地一声长叫，随即，一泡黄尿，顺着胯下，"唏哗唏哗"地流下来。

六叔后边跑来，接过驴绳时，那个气哟！本想狠狠地抽打那畜生几下。孰知，就在六叔拽紧驴绳的同时，忽而发现那倔驴两眼里扑闪出两行浑浊的清泪……再看看它胯下的那泡黄尿，六叔的心软了，手也软了，六叔举起的绳索，又慢慢放下了。

末了，六叔轻抹了一把那倔驴的老泪。别过脸，两手反剪在后背，握着驴绳，前头紧拽着那驴，头也没回地走了。

# 妖 遇

○尹利华

宋朝庆历年间，一位杨姓世家公子游学四方。一日来到罗州境内，天色已晚，错过投宿，只得夜行。此时月上树梢，风拂草动，虫鸣四野。杨公子穿行在一个黑黝黝的小松林里，只希望前面能遇到人家，哪怕是一座古刹，暂作栖身之所。

“救命啊，救命啊……”突然，一声清脆宛如莺啼的呼救声在不远的前方传来。杨公子壮着胆子，走近时发现一个女子被缚在一棵松树上。这时，月上中天，清辉淡淡，杨公子借着月光，只见那女子一张妩媚动人的面孔上挂着两丝泪痕，我见犹怜。尤其是那一双勾魂摄魄般的眼睛，在月光下，闪烁着波光，竟然将一丝丝无助的眼神渗入到杨公子的内心深处，并顿时转化为一股怜意。

但杨公子没有失去最后的警惕心：“小姐，你怎么在这里?”

那女子却只是啼啼哒哒，一言不发。孤男寡女，置身于夜深荒野，有些话的确也不便多问，杨公子无奈之下，只得壮了胆子解开绳索。

杨公子转身欲走，那女子却扯了他的衣角，一双眼睛饱含秋水，仿佛盈盈一剪，就玉珠滚落。杨公子只好带她上路。一路上，两人相伴，不知不觉就到了一座古刹前。在月光下，门前匾额上书写着的“灵远观”三个镏金大字清晰可见。

杨公子叩门，开门者是一位仙风道骨的道人，自称灵远道长。灵远道长问清杨公子的来意，将他请进一间干净的厢房。那女子默不作声，只是扯了杨公子衣角，紧跟在杨公子身后。灵远道长果然道法高深，对于那女子视若不见，想必是把他们二人当做一对小夫妻。杨公子正要开口解释，让灵远道长再为这女子安排一间厢房时，灵远道长说："公子您先休息片刻，我让浑家备些饭菜来。"说完，疾步走出厢房。杨公子只好作罢。

时值佛道盛行，许多居士带家修行，所以杨公子也不在意。

很快，一位慈眉善目的老妇人用一张红色木盘端来两菜一粥，将饭菜放在一张圆桌上，道了声："公子慢用。"随后退出。

杨公子看着那一碗一筷，又看了看圆桌旁边仅有的一只木凳，盯着那妇人背影，欲言又止，迟疑片刻后，望了望自已身后那女子说："主人虽好客，惜乎碗少筷少饭菜亦少，还是小姐先用吧。"

那女子听后，仍旧不声不响，也不谦让，只默默地坐在那唯一的一只木凳上，拿起碗筷，独自吃起来，看得杨公子眉头微皱。

不大会儿，敲门声响起，那女子恰恰吃完，急急躲到杨公子身后。那老妇人再度进来，开始收拾残汤剩饭，随后恭敬地说："拙夫请公子到后堂一叙。"杨公子急忙还礼："小生正有拜谢道长之意。"随后对身后女子说："小姐今晚姑且在此歇息吧，小生告退。"

听得那老妇人一愣："公子在与谁说话？"

"她啊。"杨公子指着身后那女子说。他看到那女子突然对着那老妇人微微一笑。老妇人顺着杨公子所指处看去，脸色瞬间苍白，双手一松，碗筷散落一地。她急急拉了杨公子的手，仓皇离开厢房，紧紧关闭了房门，拿出一把大锁锁上。杨公子大惑不解，正要问个究竟，老妇人却紧张地问："公子是不是路上救了一个年轻女子？"

"她……"

"她是不是就在你房间里？"

杨公子纳闷了，自己身后站着一个大活人，这老妇人居然看不见？

“是啊，她还朝你笑呢……”

“祸事来了，祸事来了！公子你闯了天大的祸，命不过今晚……”老妇人顿足长叹。

杨公子闻听此言，联想起那房间里的一碗一筷一桌一凳，瞬间冷汗浸湿衣衫：“莫非，莫非，您老人家看不见她？那她，她是……”杨公子不敢继续往下想，紧紧抓了那老妇人衣袖，“老人家，您一定要救救我啊。”

“唉，事到如今，也只好看公子你的造化了。此类孽障专在月明之夜，化为美貌女子迷惑独身赶路之人，跟人至宿处，夜半取人性命。拙夫也未必能有将她驱走的法力。”

杨公子闻听灵远道长有法力，仿佛溺水者遇到了一根稻草，不管能不能救命，先抓住再说。

杨公子跟了那老妇人，匆匆走到后堂，正要进入，不妨那老妇人神情肃穆，一把拉住了他，使了一个手势，悄声说：“不好，后堂妖气冲天，先看看情况如何。”

两人贴近了后堂窗户，舔破窗纸，杨公子望里一瞧，立时惊惧得说不出话来。只见后堂内亮如白昼，一个女子面目狰狞，正擦拭着一把锋利的宝剑，剑身还不断滴着血，剑尖直指一个躺在血泊中的道人，那道人正是灵远道长。而那女子正是自己路上救来的女子。只听得那女子哧哧浅笑：“灵远老杂毛，就你这点道行，还要替天行道？念你今天招待了姑奶奶一顿饭，姑奶奶就留你一个全尸。不过，那姓杨的细皮嫩肉的书生，想来味道一定非常鲜美。”

杨公子闻听，胆战心惊，再也承受不住，两眼一黑，晕倒过去。

醒来时，杨公子发现自己正伏在一个人的背上奔逃在冷冷的月光下。第一念头就是那老妇人正在背着自己逃命。心中升起一股暖流，说：“老人家，多谢您救了我的性命。”

杨公子随即又感觉不妥，因为从那纤美的身上传来一股熟悉的香气。

这时一声幽幽的声音传来："你醒了。"分明是那妖女的声音！

杨公子绝望了，自己终究没有逃离这妖女的手心。想起那妖女说的要吃自己的肉，不禁魂飞魄散，又昏了过去。

"杨公子，你醒醒，你醒醒。"

杨公子再次悠悠醒来。天已经明亮，自己躺在一堆柔软的干草上。入目处，一张妩媚的脸上充满了欢喜的神色。"妖女！"杨公子惊呼一声，惊恐地退缩着身子，企图远离她。

"公子莫怕，奴家不是什么妖女，我也是人，你看，我有影子呢。"杨公子看了看，果然，在阳光下，那女子亭亭玉立，影子也显得标致俊俏。

杨公子看着天，感受着阳光的温暖，确认的确是在光天化日之下，想来此女即使是妖精，也要有所顾忌，这才略微心定，问道："你究竟是什么？"

"实不瞒公子，灵远道长是我的父亲，老妇人是我的母亲，在后堂的那个是我的孪生姐姐，我们一家人这么做，也不过是为了维持生计而已。不过，我们只是谋财，将人吓走了事，从来不曾伤害人命，即使是那些想占我便宜的登徒子，也是略作惩戒而已。"

"那，那你为什么要把我送到这里来？"

"这是因为，这是因为……"那女子低首弄衣，脸生红霞，"女孩家终究要嫁人的。"

杨公子脸色顿变，不知道哪里来的力气，昂首站立，指那女子大骂："一不知知恩，二不知回报，三不知仁义，四不知行孝，五不知廉耻，要我娶你，宁死不从！"

那女子听后，呆立半晌，随后掩面而奔，泣声在身后落了一地。

三年后，杨公子出任罗州知县，旧地重游，发现灵远观已经是一片断壁颓垣。问询乡里，都说三年前一场莫名其妙的大火，灵远道人一家无一幸免。

杨知县怅然而返。

# 妻子的逻辑

○刘建超

单位分了新房，家家都忙着安装防盗门，我家例外。

妻子说，我的逻辑，越是保险越是不保险，就咱家不安防盗门，比谁家都保险。我相信妻子的话，妻子的逻辑总是正确的比率大于不正确的比率。妻子爱逛商店。妻子逛游商场总爱往墙角旮旯之类的摊位上钻，说这类摊位的货价要便宜些，因为这类摊子地段不好，租金就便宜些，生意就淡得多。租不到好段位的主大都是没啥门子的老实人，买他的货是抬举了他，让利就大方些。果然，妻子的逻辑在逛商场时屡试不爽。去菜市场买菜，最厌恶的就是缺斤短两。妻子买，很少会有这种现象。一样菜，小贩要八角一斤，她不会去讨下三分五分总是一句话，不与你讨价，只要够秤。妻子说，我的逻辑是“堤内损失堤外补”，你压人家的价，当然得从秤星上补回来。我价钱掏得高些，买得心安理得，你价钱压得低些，买了也疑神疑鬼，心里不踏实，那不是省钱买罪受?！我真佩服妻子。

我家不安防盗门，最着急的是对门二胖。二胖摇着扇子，光着膀子，短裤箍在肚脐一拃之下：“我说刘哥，怎么着，买得起马配不起鞍？一个防盗门值几个钱？我有哥们儿，安个门比谁家的都便宜，我给你联系一下?”妻子说：“胖子，你别费心了，我的逻辑，防盗门也是防君子不防小人，偷盗的人，博物馆的文物都拿走了。你信不，若真是有贼光临，准是先撬你的门。这就跟你们男人进舞场，总想请舞厅内最漂亮的小姐跳舞一样。上次在舞厅，你为了……”二胖摆摆手：“得了，嫂子，嘴上留情吧，媳妇知道了，中午的饺子也甭吃喽。”二胖出了门，嘴里还说好心换个驴肝肺呢。

后来发生的事，果然被妻子不幸言中。

那几天妻子就觉得不对劲。楼下一个收破烂的已经来过两次，每次啥也没收到。妻子说，楼下那收破烂的不地道，我的逻辑，收破烂应该去旧楼收，要搬家的人该扔的扔，该卖的卖，该送的送，人大方也不计较。咱这楼都是刚搬进来的，既然都搬来了，还有啥破烂要扔？没准是个踩点的呢。妻子拎着几个酒瓶几本杂志，拉着我下了楼。妻子与那收破烂的咨询行情，在一只酒瓶是一毛五还是两毛上争来争去。妻子说，你不容易，我们也不容易哇，两口子都下岗了，吃喝都成问题，上楼去看看，家家都有防盗门，就俺家没有，咱不怕贼偷。哎，你刚才算得不对，四舍五入，你还欠我一分钱。妻子很在乎地要回一分钱，扯着我上了楼。回到屋，妻倒在沙发上笑出了泪。

楼里失盗了，七家的门被撬。我住的单元除了我家完好无损，其余四家都遭蒙难。派出所来了人，查看了现场。一民警特别详细地问了我家的情况，出门时摸了摸门框说，你家为啥不安防盗门？我竟一时语塞。妻子说：“对门安了防盗门不是一样得劳你大驾跑来辛苦？”民警直了脖子瞪着眼嘴里却说不出话。

妻子为自己又一次的正确逻辑沾沾自喜，我却一点儿也高兴不起来，倒觉得欠了人家什么似的。我去找二胖主动帮助他分析案情线索，二胖爱答不理地摆弄自己的防盗门；我帮助马师傅将煤气罐抬上四楼，马师傅连个谢字也没说，关门的声音还特别响。常约我打牌的几个牌友另寻同盟将我“开除”了，没事就找我“切磋切磋”围棋的小孙也另谋高人了。最可气的是晾晒的衣服掉在楼下，我下楼捡衣服的时候里，妻子那条白裙子上竟被踩上了两个大脚印。去单位上班大家看我的眼神有些异常。三两人聚在一起叽叽喳喳，我一走到眼前，人便散开。下了班，从前和我一道走的同事总是找个借口或提前或拖后，把我孤零零撂在路上。妻子说，这是心理变态，我的逻辑，除非咱家也被盗一回。我就盼星星盼月亮地盼着梁上君子也能光顾我家一回。那次在菜市场与马师傅碰了个头顶头，我竟有些歉意地说："您瞧，这盗贼也不再来一回。"马师傅说："这叫啥话，你嫌我家丢东西还少哇？"我说我不是这个意思，可我那意思越说越没意思。我觉得只有我最有义务也最应该维护这栋楼的平安。我睁大了眼睛盯着每一个来我们楼上的陌生人。那天我在楼下乘凉，见一女的手里提着啥东西要上楼，我就蹑手蹑脚跟在后面一直上了五楼，那女的敲开了马师傅家的门，扭头朝后看了一眼说："舅舅，你楼下是不是有个精神病？"

有天下午，下着细雨，我从单位赶回家关窗子，上了楼就觉得不对劲，我家的屋门开着，锁是被撬坏了。被盗啦？念头一闪，我就兴奋地叫了起来："我家被盗喽，我家被盗喽。"邻居们围了过来。丢什么东西没有？我查查箱子看看抽屉，没有，看来小偷还没来得及下手。可得多留神呢，最好还是安个防盗门。我连连点头。晚上，我找到二胖，跟你朋友说一声，给我安个防盗门，价钱高低不在乎，只要结实。二胖拍拍胸脯，包在我身上。第二天上午就来了人叮叮咣咣把防盗门给装上了。大家对我又像从前一样亲热。

夜，妻子枕着我的胳膊说："咱家的门是我撬的。我的逻辑，你会高兴的。"有泪落在我的胳膊上。

# 拍 卖

○东 瑞

从拍卖场回来，中年女子丝莉的心灵有一种说不出的震撼。她才知道有些平凡的东西竟因来自名人，沾上了些许“名气”，是这么的值钱。像国际级谐星霍宁的拐杖、天皇女歌星苏娜的底裤、性感偶象芬露的香帕……底价惊人，成交时的价格更是匪夷所思。

“想发横财要乘早……对，我怎么没想到呢?”她迫不及待地翻箱倒柜，终于翻出了文坛名家夏子给她的十几封书信。夏子是她的朋友，五六年前她们有书信来往。近一年，夏子红遍全球。每一种著作都销个几百万本，足迹所到之处，读者疯狂。

“夏子的信，当然值钱。如果将它出售或拍卖，就不是一个小数目了。这真是一笔横财呀。幸亏我没有处理它，没有烧毁它!”

想想人生真是可遇不可求，有些好机会，谁料到会藏在一堆烂纸里呢?她激动地在零散的信堆中匆匆取了其中一封到拍卖行去估价。老板看了看，笑了笑：“这就有点不适宜了。你知道夏子目前仍在世，你作为她的朋友，这样地把她的信公开拍卖，对她可是大大的失敬和失礼呢!”丝莉一脸的灰，心情十分沮丧。

“不过，先别气馁。我们已听到可靠的秘密消息，她患了不治之症，寿命不超出半年。你藏有她的信嘛，我们可以向你先行订购。”真是柳暗花明，丝莉又满脸笑纹了。

接着详细议价。老板愿意出价20万，将她藏着的夏子的信买下来。一个月后信、银两讫。丝莉喜滋滋回家，可是找翻了许久，已找不到了。菲佣告诉她，已按她的吩咐“将地上的信全烧了”。她猛然忆起走时匆忙，没将信收好，是自己疏忽所致。痛恨不已！

当即写了一封信给夏子问候。她希望以几个月时间再搜集到她至少十几封信，将之出售，补偿自己的巨大损失。当然，这用意是不能告诉她的。可是一个月之后，她才收到夏子用打字机打出姓名和地址的一只信封，里面装了1元辅币。

# 无上剑法

○丑　时

洞庭湖水清幽涟漪，正如李强此刻的心情。他再次告诉自己，这一次决不能败。

这一战他苦等了三年。三年前他输给“无上剑客”柳大成一招，却也从对方的剑招里悟出了快剑的奥妙——无情无欲。从此他抛弃钟爱的女子，过起了苦行僧式的云游生活，三年后终于在洞庭湖畔大彻大悟。

柳大成终于出现。

高手对决，胜负悬于一瞬之间。李强出剑，剑如毒蛇、如猛兽，直逼对方死穴。然而，三十招过后意外突然发生，“当”的一声锐响，李强的剑竟然断了。猝不及防，对方的剑已经抵住他的脖子。

突遭变故，李强感到无比的羞怒与震惊：“为什么?”

柳大成道：“剑虽是快剑，够准够狠，但你遗漏了一点：剑也有生命。你只顾着磨炼你的人，却忘了磨砺你的剑。只有善待你的剑，才能达到剑之上乘境界——人剑合一。”

李强迎风呆立，若有所悟。

一年后，他寻遍千山万水，终于在秦溪山麓寻到千年寒铁，又荡尽家财，铸造一柄吹毛断发的神兵利器。从此他视剑如命，取仙山亮石磨剑，用寒冽之水淋剑，白天剑不离身，夜晚拥剑而眠。剑终于成为他生命中不可或缺的一部分。他也终于悟透那人剑合一的境界，江湖人称“寒英一剑”。

栖霞山的枫叶红了，娇艳似火。

李强愤怒出剑，剑如狂风，如烈火。柳大成竟节节败退。退无退路，柳大成剑锋陡转，竟将攻击目标转移到对方的剑上。“乒乒乓乓”，“寒英剑”已出现缺痕，李强内心一颤，剑突然脱手飞出，导致他再次落败。

“为什么?”李强瘫坐在地，似乎还不相信眼前发生的一切。

柳大成道：“你虽对人无情，却对剑用情过专。过分依赖你的剑，以致无法抛开生死束缚，达不到天人一剑的境界。”

李强再次陷入沉思。

之后的三年，他在沧浪之海的波涛巨浪中度过，每一次站在风口浪尖，他都感觉到自己的渺小，渺小，最后终于消失在天地相连的地方。三年苦悟，他终于超越了生死界限，达到天地无我之境。

春风拂面，吹绿了茫茫的蒙古大草原。

李强持剑而立，他的心态异常平静，仿佛在这一刻，他变成了一块石头，一截枯枝，已彻底融入这苍茫大地。两人对峙一天一夜，谁也不肯先出一剑。

到第七天，柳大成终于沉不住气。但剑一出手，破绽便一展无遗。“寒英剑”若有若无地刺出，对方的剑应声脱手，剑再向前挺进半分，直抵对方脖子。

胜负立判，李强竟有些压抑不住内心的兴奋。然而，他错了。柳大成并没有败，他的剑虽脱手，可是他的人却轻若飞燕，瞬间绕到李强身后，左手剑指已抢先一步抵住李强的脖子。剑气如虹，竟逼得李强透不过气。李强败了。

但这一次，他没有丝毫的气馁，他已看透了生死，剑对他来说，不再是胜负之争，而是一种执著和感悟。

“为什么?”李强再问。柳大成一语道破天机：“你的确已经达到天人一剑的境界，可惜正是对剑的执著，束缚你对剑法的领悟。剑未必就是剑，剑之意义也不在于剑本身，是剑又不是剑，然后用剑，这才是无上剑法。”

微风吹动草海，泛起圈圈草浪，李强心头一震，猛然悟透这“手中无剑”的无穷奥妙。十年磨炼，他终于丢掉了手中的剑，江湖人称“无形剑祖”。

巍巍昆仑，唯我独尊。

险峰之巅，李强品着高山龙井，采纳天地之间的灵气，磨砺他心中那柄利剑。柳大成却迟迟未到，李强只有一天一天耐心地等着。一个月后，对方终于出现，来的却是一名十岁的小童。小童一身灵气，腰间配着一柄木剑，抱拳施礼道：“阁下就是人称‘无形剑祖’的李老前辈么?”

李强沉声道：“正是，柳大成是你什么人?”小童应道：“正是家父。”李强道：“令尊别来无恙?”小童道：“托前辈洪福，家父日出而作，日落而歇，日子还算逍遥快活。”

“什么?”李强闻言一愣，问道，“他现在何处?”小童屈指一算，应道：“此时应该与家母泛舟西湖去了。”李强追问道：“他可还练剑?”小童答道：“家父心中早已无剑。”李强浑身一震，疑惑道：“是他让你来跟老夫比剑的吗?”小童摇头道：“晚辈是受家父所托，前来传达一句话。”他顿了顿，提声道：“家父说剑客终归也是人，不能整天动刀动枪，也要过正常人的生活。话已传到，晚辈告辞了。”

李强如遭晴天霹雳，一时竟茫然不知所措。往日的片断在他脑中一闪而过，最后只剩下孩童清脆的声音：“剑客终归也是人……也要过正常人的生活……”

回想起曾经钟爱的女子，李强蓦然醒悟，不禁失声痛哭……

“相公，你怎么了?”妻子将李强唤醒。李强猛地醒来，一身大汗淋漓，紧紧将妻子抱住，原来只是一场梦。李妻尴尬道：“别这样，孩子看着呢。是不是还在为明天的比剑担心？”

天已经微微见白。李强忙对床边的儿子道：“欢儿，你马上替爹去一趟洞庭湖，就在上次爹带你玩的地方，告诉一个叫‘无上剑客’的，就说‘家父心中早已无剑。剑客始终是人，不能整天动刀动枪，也要过正常人的生活。’记住了吗？”小孩兴奋地点点头。

中午的时候，小孩却一路哭着回来。李强追问原因，小孩泣声道：“我将爹的话告诉他，他听了哈哈大笑，骂爹是个胆小鬼……”

# 女间谍

○陈力娇

当初看好她的是美国中情局的托马斯，托马斯在中情局会议上陈述的理由是，她懂七国外语。当时就有人反对，说懂七国外语也不一定就能胜任特工。但是托马斯执政，就留下了她。

最了解她的是她的母亲，她母亲说，你生性活泼，缺少心计，只适合谈恋爱，不适合当女特务。但是她没有听母亲的，她假借去别国旅游，奔赴了德国。

尽管在去德国之前她进行了短暂的培训，可在第一次执行任务时，她还是出了笑话。

那天派她的任务是去送一份图纸，图纸里藏有极其重要的军事情报。本来这该倍加小心，但她一点儿也没放在心上，她的精神头儿全部放在德国服装上，等她打扮完毕去接头地点时，这才想起忘记了接头暗号。

这不是件小事，如果图纸落入敌人手中，那要军法处治。

她明白这一点，急出了冷汗，没办法就把图纸展开，在人群中穿梭，见到可疑的人就问，你需要图纸吗？也是她运气好，碰上了要找的人，但是对方总不能承认自己需要，于是就装成疯子，抢了她的图纸。疯子一边跑，她一边死命地追，若不是对面盖世太保的巡逻兵拦住了她，她说什么也不能眼巴巴瞅着抢图纸的人溜掉。

后来托马斯问她，为什么不追了，她回答，落在疯子手里，也比落在盖世太保手里强。

她的回答，一时间成为美谈。

有了这次教训她才警醒，有好长时间她都闭门思过，但思归思，过归过，她就是很难改变自己的本性，不久后的又一件事还是让她犯了错误。

谍报工作是要不断移换住址的，本来负责领导她的人已经给她安排了住处，可她执意不去，而是自作主张找了街中心的一幢住房。更令人啼笑皆非的是，她认为越是危险的地方越安全，她的住处和盖世太保总部就一街之隔，巡逻兵晚间巡夜的时候都能听到她嘀嘀的发报声，果然她就出事了。

盖世太保包围她的住处时，是对门的一位老太太替换了她，老太太是中情局派去暗中保护她的，年轻时是个不错的特工，退役后一直忠于自己的职业，当她得知她搬到这幢楼房时，也跟着搬了进来。老太太在盖世太保冲进屋来的时候，咬舌自尽。

也许是上天不想让她的特工生涯就此画上句号，回国后的第一件事使她偶露峥嵘。

那天她刚下飞机就接到上级指示，让她和李泊金特乔装打扮掩护一名特工去开锁，把德国大使馆有关谍报的机密盗出来。

李泊金特在德国大使馆担任要职，是美国中情局安排进去的间谍，但是李泊金特自己很难完成这样的任务。因为既要完成任务，又要完成任务后摆脱干系，这才让她扮成李泊金特的女朋友协助李泊金特。

第一次到大使馆时，是她送李泊金特回去。李泊金特装作喝多了，由她搀着出现在岗楼前，她把李泊金特送到大门口，然后很知趣地停下，让李泊金特自己进去。她不住地向摇摇晃晃的李泊金特打着飞吻，脸上的表情是眼泪汪汪恋恋不舍。这一切警卫看得十分清楚。

有了这一次表演，警卫人员认识了她，默认她是李泊金特的新交。在大使馆，外交官们生活太寂寞了，警卫更寂寞。

李泊金特在这一点上十分佩服她，觉得她确实不是个好特工，天生一个浪荡坯子。

又是接连几次这样的送往迎来，他们已经完全得到警卫人员的信任。就在这天夜晚，李泊金特又喝多了，还是由她搀着，来到大使馆门前。更要命的是，她也现出喝多的样子，她甚至口齿不清地要求警卫把李泊金特送回办公室。警卫把腰板挺得溜直，对她的话全然没听到，而李泊金特又是一松手立马软在地上，自己很难独行，最后警卫甚至都不理他俩了，他们就趔趔趄趄互相搀扶着进了院门。

密码柜在李泊金特休息室的里间，早已在隔壁等待的特工忙进去开锁，外间她和李泊金特在担心地等待。可是开锁并不顺利，过了事先估算的时间，他们紧张的心也跟着一起提提落落。

下面的警卫三等两等不见她出来，觉得事情有些不对劲儿，就急忙上楼查看。他们听到一阵急促的脚步声，由走廊那头向他们这个方向奔来，李泊金特顿时慌了，脸色煞白，额头细汗一层。倒是她快速作出反应，拉下李泊金特的腰带递给李泊金特，李泊金特会意，立即向她身上抽去，顿时整幢楼房都听到皮带抽打声和人的惨叫声。

警卫从门缝看到她在地上翻来滚去，不忍心再看扭头离去。

后来托马斯看着她被打残再也伸不直的小手指，心生无限的惋惜，目光里撒下不尽的安抚后，没头没脑地说了句：像问号，不像七国外语。

# 潜意识里的军人

○高海涛

雪一下，就是深冬了。小山上那个想当将军的士兵巴屯终于熬成了老兵。

小山是这个大平原上唯一一座石山，有10层楼那么高。山前是浩淼的大海，泥滩浊浪的大海，20海里之外才有蔚蓝色的大海；山后是一片目不所及、不长植物的落海地。一条小路由山顶的雷达站，蜿蜿蜒蜒20公里才能到达一个有人气的小镇。没有太阳的日子，海、天与落海地就成了同一种颜色，小山就成了一个远离人气的孤岛。

山上驻扎着3名雷达兵，他们直接受驻100公里外一个城市的空军部队指挥。这里没有军官，只是老兵领导新兵。每年，小山上就来一个新兵替走一个老兵。上山后的新兵就会在两年后孤寂成一个老兵，领导其他两个兵。

巴屯是那种想当将军的士兵，他爱看雷达站那台小黑白电视里的“军事天地”，他努力让自己的一言一行都向将军靠拢。他的性格不仅在小山，就是在空军部队，也是无人不知，人们都亲切地称呼他“巴顿将军”。

巴屯成了老兵的第一天，管他的老兵还没走，老兵看家，他和新兵连接到市里去执行接新兵的任务，等他们回来，老兵就可以复员了。

当然，巴屯和连接是骑两辆自行车去镇上，然后再乘小镇上唯一一辆直达市里的班车去市里的。骑两辆车的目的是回来好驮着新兵。

自行车胎吱吱地与地上的积雪说话的同时，巴屯问连接，你当兵的目的是什么?

连接看看远处雪野，这里已听不到海的声音了，熬呗，还不是为了三年后找个好工作。连接就是100公里外那个城市的，父亲是个不大不小的领导。

巴屯听了这话后，自行车一歪差点摔倒，生气地说，这一年的兵你算是白当了。

连接一声也没吭，眼睛一眨不眨地盯前面，雪模糊了弯弯曲曲的小路与大地，一不留神就会脱离小路。

巴屯叹了一口气，说，连接，明年我走后，你就是老兵了，照你这个状态会出乱子的。

连接使劲蹬了几下自行车，甩开了巴屯，他不愿再听巴屯没完没了的叨叨。

上了班车，巴屯让了一路座。

老太太说，还是解放军好!

小孩子说，谢谢解放军叔叔，长大了我也要当解放军。

连接上车后找到一个座位就没有起来，他看到巴屯让座自己把大衣一裹就睡，不知什么时候，一只冰凉的手扶起他的脸，说，快到市里了。连接睁开眼，一个抱孩子的妇女正从刚睡醒的孩子身上取下巴屯的大衣，并说，谢谢你解放军同志!

新兵叫线团，天津兵，女朋友知道他当兵后就跟他吹了。

回来的路上他们三人坐上了一个三人位。连接临窗，线团坐中间，老兵在外面。刚出市区老兵就把座让给了一个妇女。

连接与线团说说笑笑，笑笑说说，好不开心。

又上来了一个老太太，线团就想像老兵那样让座。连接按住了线团，嘴对着线团的耳朵说，人家是想当将军的士兵巴顿。你是谁呀?线团刚欠起的身子又放好了。

坐老兵座位的妇女的脸越来越白，头上冒出了豆大的汗珠。

老兵说，连接线团起来让她躺一下，线团起来了，连接一动没动，直到老兵命令他起来，连接才不情愿地站起来。

小路上的雪化得斑斑驳驳，老兵带上线团就往回骑。连接追上大汗淋漓的老兵时，已到了小山的脚下。老兵指着连接说，到山上我就关你七天的禁闭！

连接刚被关了三天就被放了出来，是老兵往市里送走老老兵回来后亲自把他放出来的，并对连接说，我太冲动了。这时线团也来了，老兵对他们俩说，你们好好干吧，我不配这个军人的头衔！

连接和线团被老兵说得莫名其妙。

老兵临走交给连接一个厚厚的信封。然后，老兵背着行李渐渐地消失在小山下的夕阳里。这时，雪早已化尽，老兵留在身后的是一长串用脚制造出来的泥窝。

连接打开信，是前天和昨天的两张市报。前天的上面有一则社会新闻：一歹徒在公交车上行窃，一军人刚想站出来，突然，军人的后腰眼被两把尖利的匕首抵住，军人没有吱声，慢慢地坐下了；昨天的上面有一个“站起来的军人为什么又坐下了”的讨论，还请来了受害者。受害者说，当时的事发生得太突然了。军人也是人，人的潜意识里都有胆怯的一面。等军人反应过来，歹徒已下车逃跑了。

巴屯也参加了讨论，他说，我不配一个军人的称呼，潜意识里的军人应该更是军人。

讨论的编者按说，这是军人巴屯看了市报后主动找到编辑部，要求组织这个讨论的。受害者是一名小学校长，这些钱是全校400多名学生看了电影《一个都不能少》后，捐给水泉小学的。

线团从小山当了三年兵后，又被调到市里。三年后成了连长。一天他在市报的外埠新闻版看到一则新闻：水泉小学六年来，收到400多张署名“潜意识里的军人”的汇款单。

# 套　当

○符浩勇

元亨当铺刘老板自在乐城南盛酒楼见到长衫人，就觉得与他会发生什么事。

那天，刘老板与洋货商行李老板在小镇南盛酒楼聚谈。前阵子当铺鉴别伙计张师爷预借了一年薪水回乡盖房去了，眼前当铺压货正紧，钱不凑手，正寻思融资周旋，而李老板腻烦洋货商行恶缠难磨，意愿甩掉商行，投资入伙典当行。

那时，一个穿长衫的人走进了元亨酒楼。只见他寻了个临窗的座位坐下，脸带愁容，仰面叹息。

刘老板收回目光，说："这人面生，好像不是本地的，看架势，或许是遇到了什么难处?"

李老板转头瞥了一眼："是很面生，脸烂眉结的，是怀才不遇吧，来来，别因那败了喝茶的雅兴。"

俩人频频端杯喝茶，眼睛却都在偷偷地打量对方。

果不其然，当天刘老板回到元亨当铺时，却见长衫人背着行囊在门外徘徊。

刘老板邀长衫人进屋，刚坐定，长衫人蓦然跪地，声泪俱下。

他说，他从南洋回乡寻亲，无奈家父惹了官司，押在京城大牢，说是如果花钱活动或能免杀身之祸，家中还有一宝，价值连城，家父有言在先，宁可赴死也不可抛售此物，况且此物乃前朝贡品，遗落民间……他来到乐城镇，暗里打听过刘老板的为人，打算当些银两……

他说时从行囊里掏出一只立体状缎盒，虔诚地打开，盒里一颗翡翠玉珠熠熠闪光。他说："刘老板一定识得此夜明珠，可否当两千大洋救父一命？"

刘老板盯着玉珠倒吸了一口凉气，他记得张师爷说过前朝有贡品玉珠遗落民间：他也知道这无价之宝，典当后还会赎走；然而，两千大洋救人性命谈何容易？出狱后能凑足本金也是枉心费力，退一步说，能把玩玉珠数日，转手又有如意收入……

长衫人救父心切，愿意立据为证：以当期三个月为限，当金两千大洋，到期本金翻番。

若逾期不赎，物归当铺；若提前赎当，本息不变。

刘老板亲自订正当据，盖印成交。

半月下来，元亨当铺张师爷走亲戚回来了。

见到刘老板爱不释手的玉珠，张师爷先是一言不发，左瞧右看，最后大惊失色："坏了，这玉珠我见过，就在我回乡的这半个月，有人让我为它做过鉴别——这珠子底下还有一处瑕疵。仔细看，可以看到珠心碎裂处穿引一条纹线……不仔细瞧，瞧不出来的。"

刘老板夺过张师爷手中的放大镜，俯眼观视珠球，顷刻，他悬浮的心沉了下去，他也看到了珠心碎穿一条纹线……陡然他摔掉放大镜，哀叹："我自想看人能看到骨头，没料想，我让梦龙缠上了……"

张师爷安慰他："谁都会看走眼，要想办法让他回来赎！"

刘老板气不打一处："还会有什么鱼逃脱了饵钩，再回头吃饵的?!"

张师爷在他耳边咕哝一番，蓦地，他露出一丝狡诈的笑意。

次日，刘老板在南盛酒楼里设宴，邀请小镇上头脸大户聚席。

大家坐定后，刘老板起身拱手说道："各位乡亲，今日赏脸而来，我是要向大家透露一件事，前阵子，我被人耍了，当下了一件伪劣假货——所谓的皇宫玉珠。”

这时，张师爷打开缎盒，掏出玉珠捧上，大家呼地围拢过来，刘老板继续说：“就是它，如果不提醒，难看出它的瑕疵，珠心底有一穿纹。”李老板与众人附和：“没提醒，还真难看出来。”

刘老板很平静，说：“今天大家记证，我要当众毁了它，丢人不要紧，这东西不能留，看着会闹心，这东西确能够乱真，留着是个祸害，再不能留着它坑害人！”说着随手将玉珠猛摔地上，碎散开去。

酒罢宴散，大家起身告辞。李老板是最早赴宴的，却走在最后，说：“当铺经营风险也大，要不，我还是撤了股——”

刘老板看着他的背影冷冷一笑。

三天后的黄昏时分，长衫人飘然走进了元亨当铺。

刘老板大吃一惊，长衫人却说：“我这是来赎回夜明珠的。”

刘老板半晌没话，最后结巴地说：“你不是说，三月为限……”

长衫人掏出字据说：“有据为证，我可以提前赎当。”

刘老板接过字据说：“提前赎当本息不变。你原借走两千块大洋，要还四千。”

长衫人掏出银票递给刘老板，说：“这是本号钱庄的银票，大洋四千。”

刘老板验过银票，随手就交给王老先生下账。长衫人急嚷道：“玉珠还没还呢，你下的什么账啊！”

刘老板对张师爷说：“既然本息已还了，玉珠还给人家吧。”

张师爷从后堂端出锦缎盒来，长衫人顿悟，大惊失色：“你不是早……”

# 女人的肋骨

〇非花非雾

“五一”那天上午，妈妈不慎大腿骨折，住进病房。

望着妈妈咬紧的牙、滴落的汗，听着她喉咙里压抑着的呻吟，我的心缩做一团，泪水盈眶。妹妹在边上也不住地擦眼睛。

看到我们这样，妈妈从嘴角挤出一丝笑，虚弱地说：“没事，没事，接上就好了。”妈妈的腿要在病房做牵引手术，用一根钢条穿过膝盖骨，钢条两端系上绳子，挂上十公斤的重物。整个穿肉凿骨的过程，妈妈咬牙不肯发出一声叫喊，任汗水湿透了身子下的床单。手术做完后，我松了一口气，腿像虚脱了似的绵软无力，衣服也被汗水湿透了。

旅游旺季车祸多，进了医院就知道了。骨科的病人这拨还没走，那拨又来了。病房里的床位都满满的，连走廊上都排满临时床位。伤者的呻吟、亲友的安慰不绝于耳，让人不得安宁。

我的心全连在妈妈的腿上，一整天对周围的人和事视而不见，充耳不闻。

晚饭时分，邻床的男人给他的亲人提来了炖排骨，我才看清床上偎着的是一个三十来岁的女人和一个七八岁的小男孩。男孩的左腿打了石膏，小小的身体占了窄小病床的一角，见到爸爸拿来好吃的，马上丢下手中的书，仰起黑黑的圆脸，大大的眼睛望向身边的妈妈。女人稍显丰腴，仰面躺着，占了床的一大半，却看不到她伤了哪里。男人把盛好的排骨端给男孩，男孩懂事地说："妈，你先吃。"

女人稍稍转动一下身子，懒懒地说："吃你的吧，剩下的都是我的。"儿子吃了几口，又推爸爸喂给那女人，女人毫不客气地吃起来。等吃饱喝足了，才回头对边上的男孩说："我吃饱了，你一定要把剩汤喝掉，不许浪费。"男孩顺从地喝完妈妈剩下的排骨汤。

我忍不住对着这一家人皱起了眉头，轻轻地对安静下来的妈妈说："世上还有这种当妈妈的，孩子伤成那样，她躺着休养，挤得孩子躺不下。吃饭她先吃，让孩子吃她剩的，还不许吃不完。"

我虽然把声音压低了，却故意让那女人能听见，女人看了看我，笑了一下，没有说话。

女人很娇气，临睡前，男人给腿不能动的孩子接过尿，她就挪下床来，斜靠在男人身上，让男人搀扶她上厕所。

望着他们的背影，我鼻子都气歪了。这种女人，真不配做母亲。

夜里，我的钢丝床放在妈妈和男孩的病床之间，妈妈疼了一天，晚上竟然睡着了。在梦中偶尔动一下，想是腿疼了。我心疼得睡不着。感到边上的小男孩也在动，一只小手紧紧握着床边，他妈妈在他的右边睡着了，还是占了大半地方。陪护他的男人睡在那一边的钢丝床上。

我抬头看了看男孩的脸，他的眼睁得大大的，牙咬着下唇。

我坐了起来："你是不是很疼？"

他哑声说："不是。"

"那就睡吧。"

"嗯。"

可是，我感到孩子并没有睡，他在忍受着什么，那只小手还是紧紧抓着床边，受伤的左腿不能动，右腿伸缩着，却小心地不去惊动睡着的妈妈。

多好的孩子，多可恶的妈妈呀！

我也是一个小男孩的妈妈了，我突然明白他可能是要撒尿吧。

我轻轻问他：“孩子，你是不是想解手？”

孩子忸怩了一下，点了头。

我本想帮孩子，可是看到那女人可恶的睡脸，我推醒了她：“哪有你这样做妈的？只管你自己睡觉，快帮你孩子解手吧。”

女人睡眼惺松地拍打钢丝床上的男人：“孩子要解手，快起来。”

“你是干什么来了？你孩子受伤了，你跟着享福来了？”我已经忍无可忍了。

女人没有说什么，帮着男孩“减负”。

后面有人拉拉我，回头看，妈妈在示意我别说话了。

我说：“您睡着了，不知道……”

“我都听见了，其实我哪里睡得着，只是不想吭声。我是怕你心疼睡不着。”

小男孩重新躺下，回过头来，郑重地对我说：“我妈身上也有伤——我的脚要植骨，妈把她的一根肋骨移植给我了。”

我回过头来看看自己的妈妈，又转过去看看男孩的妈妈，张大了嘴，什么话也说不出来。

母爱真的是连心连骨的！

# 典　型

〇秦　俑

王一飞是个普普通通的女生，她现在就读于某师范大学中文系大三，与我是同学。

为了讲王一飞的故事，这里有必要交代一下，我是这所师范大学的校报记者，在此之前很少和王一飞打交道。在我的印象中，王一飞是那种典型的胆小鬼，特别喜欢尖叫，而且容易脸红。我认为她能当上班上的团支书简直就是个奇迹：那回竞选演讲，王一飞磨蹭老半天才上了讲台，畏畏缩缩讲了几句没头没尾的话，声音小得像蚊子叫，脸涨得通红，走下来时双腿直打哆嗦。然而投票结果出来，这个博得了一堂哄笑的王一飞获得了居全班第二的票数。有人暗地里分析过原因，说王一飞可爱。我说过，我很少和王一飞打交道，所以她可不可爱我不太清楚，但最近发生的一件事让我和她粘上了，因为绝对胆小的王一飞竟然抓住了一个贼！

那个星期五下午，校报主编要我赶写一篇有关王一飞抓贼的通讯报道。第二天我去医院找过王一飞，还没聊几句她就羞得满脸通红，把头埋在被窝里，再也不肯吭一声。最后我不得不采访了一些跟这件事有关的同学和那晚在女生宿舍值班的女生部干部，事情的经过大体是这样的——

星期四下午团支书王一飞收了团费，算起来总共有150块钱左右。晚上选修课时，王一飞记起放钱包的抽屉没上锁，所以中途便跑回了寝室。晚上的女舍大门通常是落锁的，女生部的干部对我说她确实看见王一飞进了寝室而且听到了她“抓贼”的尖叫。

在寝室走廊上，王一飞碰到了一个小伙，据目击者回忆，那个小伙留着长发，背上背个包。大学的女舍里溜进男生是常有的事，所以王一飞当时没太在意，但是当她看到被撬开的锁和寝室内一片凌乱时，她意识到了这小伙是个贼。

王一飞追了出去，其时贼已准备翻过女舍西边的围墙开溜。王一飞一边大声叫喊“抓贼”，一边冲上去抱住了贼的腿。

贼可能慌了，狠狠地用脚踹王一飞，还用手扯她头发。王一飞没有松手，仍拼命抓住贼的脚往下拖。贼应该被拖了下来，脚受了伤，他从屁股口袋或是其他什么地方摸出了一把刀子，照着王一飞身上砍了一刀。这时十几个体育系的女生包抄过来，贼被活活抓住了……

报道很快刊发出来了，王一飞成了全校的“英雄人物”。那时学校正搞“抓典型、树新风”的活动，王一飞就被作为“见义勇为”的正面典型给“抓”了出来。我们院里也把她当做入党对象进行了考察，三个月后，她破格先我们一步靠拢了党组织。

后来陆陆续续听到一些流言，说王一飞其实胆小如鼠，那时她是为了150块钱豁出去了。

再后来的一天晚上，我班又上选修课，王一飞和我坐一排，我挨过去轻轻地问，女英雄，那晚上到底是什么给了你这么大的勇气？

王一飞脸又红了，头也不好意思地埋了下去。临下课时她偷偷地塞给我一张纸条，上面写着：别捉弄我了，我告诉你，那钱包里，除了150块生活费，还有我班一个男生写给我的信……

# 木　像

〇袁炳发

旧时宾州府南街口有一家喻户晓的名店，名曰“季氏雕坊”。

“季氏雕坊”老板浙江东阳人氏，姓季名文博。

季文博祖上几代专营木雕艺品，先祖是木雕界有名的祖师爷，曾与当时的“雕花皇帝”杜云松、“雕花榜眼”楼水明齐名。

季文博从小志向高远，好学上进，8岁学徒，秉承祖业。20岁时，季文博便以一组人物木雕“醉八仙”而名冠东阳。

人怕出名猪怕壮，此话倒也不假。出名后的季文博遭到族人的嫉妒、排挤，一赌气带着妻儿老小、细软家私离开东阳，投奔宾州府“周记木器行”的周老板。

此前，季文博与周老板也仅有一面之交。当时，周老板去东阳采购木料，因黄杨木紧俏，周老板在东阳城跑了月余也求购不到。怎么办？家里已经签下一单生意，就等着这木料了。

周老板在客栈愁眉不展时，有当地朋友来告诉周老板，东阳木雕名家季文博备有上等的黄杨木，只是不知道人家肯不肯卖。

周老板听后，右手指轻弹一下袖口，又轻叹一声：“事已至此，行不行也得一试。”

朋友引荐，周老板见了季文博，把自己的难处和盘托出，并愿意出高价匀兑一些黄杨木。

岂料，季文博一口应诺愿意帮忙，而且是以进价转卖，难事迎刃而解。

周老板感激不已，非要多加些银两。季文博说："生意人讲究的是取财有道，我绝对不做乘人之危之事！"

这样，周老板就顺利购入这批木料，完成了家里的那单生意。

季文博远离故土，投奔周老板来此安置家业，自是让周老板喜出望外，他还正愁季文博上次雪中送炭之恩无以回报呢！

周老板把季文博一家安置在府上住下，便陪同季文博在城内选地购宅，最后在挨着南街口的临街买了三间门面房。门面房的后院两边是筒房，季文博的十余米长的木雕工案就摆放在这里。案子上置放着大小手锤、刻刀百把，地面上还堆放着磨石数块、蜡粉、染料百余袋。

"季氏雕坊"开业那天，周老板请来了宾州府的商贾豪绅与各界名流前来捧场。

一阵鞭炮响过之后，周老板与季文博就带着这些脸面人物去了城内的"仙鹤酒肆"吃酒饮茶至夜半。

"季氏雕坊"开业不久，生意就红火起来，原因有三：一是季文博是木雕高手，二是周老板的鼎力相助，三是县城的有钱人家很讲究住居及祠堂的雕刻装饰。

季文博除了接一些屋檐门窗的雕刻活计之外，还木雕一些反映民间生活的耕种、收获、桑蚕、织线、织布、放牧、狩猎、裁缝、商贾及花鸟鱼虾、蔬菜瓜果之类的壁挂、条屏置于店面出售。

谷雨时节，县城的"裕生堂"老板林道明筹办60大寿。此人算得上是宾州府的商贾人物，又是周老板相交多年的至交。因此，周老板上街沽了两壶老酒，来到"季氏雕坊"，与季文博对饮进餐，商量送林老板什么寿礼方为妥当。

商量结果：季文博雕刻一个林道明本人的木像。

周老板说："以木像为礼不俗，最主要是木像出自木刻高手，算是艺术珍品!”

因了周老板的这层关系，季文博与林道明也吃过几次酒，来来往往，说来也算是脸熟的朋友了。

季文博专选了材质坚实、木纹细密的木雕良材龙眼树，为林道明雕刻木像。

季文博连熬数夜，精雕细琢，终于在一天的拂晓把木像雕刻完毕。然后将其染为棕褐色，经磨光打蜡，一个活灵活现、栩栩如生的林道明木像，在窗外晨光的映照里显得光亮异常。

翌日，季文博把木像拿给熟人和周老板看，看过的人都说太像了，简直是如同从林道明的脸上扒下来一般。

周老板赞不绝口：“高手！高手!”

为了给林道明的大寿增添意外惊喜，事前周老板并未把季文博雕刻木像的事情告诉林道明。

在林道明寿辰之日，周老板与季文博一同前往祝寿。

进了林府，周老板和季文博一同向林道明道喜，然后周老板打开精致的礼盒，拿出木像，送给林道明。

周老板说：“林兄，您看这木像是谁?”

林道明手擎木像，左看右瞧半天，说：“是谁呢？看着这么眼熟啊!”

季文博在一旁说：“林兄，您再仔细看看，这是何人?”

于是，林道明手托木像，复又细瞧，仍然瞧不出是谁。

周老板急了，刚要告诉林道明这木像正是他本人时，季文博阻拦说：“罢了，罢了。”然后转身离去。

回到家的季文博，立于筒房的工案前凝思默想：别人都认得出木像是林道明，为何林道明本人竟认不出来是自己呢?

季文博百思不得其解，最后认定是自己雕刻的木像出现了败笔。

是夜，季文博躲开家人，悬梁自尽。

# 圣诞礼物

○中　学

圣诞节前几天，明明上课时总是心神不宁的。每当有同学谈论“圣诞礼物”时，他就躲得远远的。

我发现近来明明上课时总溜号，难怪他的学习成绩大不如前。以前我就多次到他家作过家访，一提到家庭教育，明明的爸爸除了摇头，就是叹气。明明的妈妈离家两年了，听说是跟一个包工头儿走的。同学们总也不见明明的妈妈来学校接送明明，就在背后议论，说明明是个没妈的孩子。

那天放学后，我发现明明是最后一个离开教室的。他走后，我走进教室，在他的书桌上看见一张折叠得方方正正的信纸，上面工工整整地写着几行字：

> 妈妈：
>
> 　　您寄来的圣诞节的礼物收到了。妈妈，我想您，您为什么总是放假的时候才回来？看到同学们天天由妈妈接送，我就更想您了……

信写得很短，下面署着大大的两个字——明明。

我把信纸折好，重新放到桌上。我知道，明明不是在给妈妈写信，他是想让同学们看到这封信。为了让更多的孩子“看到”，我拿起那封信，收了起来。

第二天，我在班会上读了明明的信，我告诉同学们，明明的妈妈是一位优秀的教师，她在外地工作，只有放寒假或是放暑假时才能回来和明明在一起，所以，明明的妈妈平时没时间接送明明……同学们听后，都向明明投去羡慕的目光。

下课后，明明随我走出教室，在走廊深深地给我鞠了一躬："谢谢刘老师!"说完，转身跑开了。

望着明明远去的背影，我的视线模糊了。我想，这也许是明明收到的最好的圣诞礼物。

# 匠　心

〇侯发山

瑞杰是新飞建筑设计公司的工程师，不但技艺高超，而且非常敬业。但是，最近他准备跳槽到另外一家公司，因为那家公司许诺给他高薪，福利待遇也比原单位优厚许多。

新飞公司是前年才筹建的，为了树立形象、赢得客户，从而达到占有市场的目的，其他同行不愿承揽的工程，譬如几乎没有利润的、设计难度大的等等，新飞公司都统统接了过来。因此，在这样的环境条件下，包括瑞杰在内的新飞公司所有员工，不但工作压力大，而且报酬也不高。公司经理林峰曾不止一次地在会议上安慰大家，说面包会有的，牛奶也会有的，一切都会有的。瑞杰对林经理的调侃一笑了之，但他工作起来依然十分踏实……早在半年前，瑞杰就下了跳槽的决心，但因为一件小事没有付诸行动。

那天，瑞杰和几位助手按工作计划设计一栋大楼的建筑方案，几易其稿，直到中午也没最后拍板。吃中饭的时候，瑞杰对林经理说，今天我答应带儿子去动物园玩，下午我想提前下班。瑞杰是这么想的，如果林经理不同意，那他就有了和林经理叫板的机会，最好能闹得不欢而散，那时候，他就可以冠冕堂皇地拍拍屁股走人。想不到，林经理微笑着答应了，说好吧，今天下午你可以早点下班。其实，瑞杰并没有给儿子承诺，只是为了制造和林经理之间的矛盾而寻找的一个借口。

午饭过后，瑞杰和往常一样全身心地投入到工作当中去。当他忙完手头的工作，把大楼建筑方案的图纸敲定的时候，已是晚上8点钟了。当他回到家的时候，儿子兴高采烈地说，爸爸，谢谢你。瑞杰愣了一下，说谢我干什么？儿子说，今天我去动物园玩了。瑞杰蒙了，不知道是怎么一回事。妻子解释说，下午你们公司的林经理带儿子去动物园了。原来下午4点钟的时候，林经理看到瑞杰和同事们还在全神贯注地工作，如果提醒他离开，那么今天这套设计方案就做不出来。于是，林经理就开车带上瑞杰的儿子去了动物园。

瑞杰十分感动和羞愧，乃至好长时间没去想跳槽的事。现在，那家公司又增加了一个砝码，那就是分给瑞杰一套三居室的房子。瑞杰就又动心了：妻子下岗了，他一个人的工资应付全家的吃喝穿戴勉强可以，买房子对他们来说简直是奢望。他们三口之家现在住的两间房子不足30平方米，而且还是租来的……瑞杰思前想后，决定找林经理摊牌。

瑞杰说，林经理，我想辞职走人。

林经理感到震惊，说，为什么？你可是咱们公司的人才啊。我希望你能留下来。

瑞杰说，我已经决定了。

林经理惋惜地说，不能更改了？

瑞杰点点头。

林经理叹口气，说那好吧，君子不强人所难，就依你的意思。不过，请你在临走之前，设计一套别墅，咱们公司自己用的。

瑞杰松了一口气，说没问题。心想，这套别墅准是又送人的。

林经理好像看透了瑞杰的心思，说瑞杰，跟你说实话，这套房子是送人的……你要发挥你的聪明才智，好好设计。

瑞杰一边应承着，一边冷冷地想，要我好好设计？见你的鬼吧！心说我给公司当牛做马出力流汗的，到头来连个窝儿也没有……可以说，吃的是草，挤的是奶，能不气恼？因此，瑞杰是身在曹营心在汉，可以明显地感觉到，他并没把心思放在工作上，设计得十分潦草。图纸设计好后，瑞杰请林经理审阅。林经理说算了吧，我相信你。于是，林经理就让公司下属的一个建筑单位依照瑞杰的设计建造别墅。林经理说，为了保证工程质量，要求瑞杰到现场监管。瑞杰十分不情愿地答应了。

在施工的过程中，一个窗户的过梁上没有设计钢筋。建筑师傅看出了端倪，以为瑞杰疏忽了，问瑞杰要不要加上去。瑞杰说不用。建筑师傅疑惑地说，这样可保证不了房子的质量。瑞杰迟疑了一下，说用毛竹代替就行。建筑师傅以为瑞杰在开微笑。瑞杰说，没事，出了问题我负责。工程师发了话，建筑师傅只好言听计从。

别墅竣工后，瑞杰把钥匙交给了林经理，请他去验收。林经理摆摆手，没接钥匙，说别墅归你了，算是公司送给你的礼物。

瑞杰的心被强烈地震撼了，那一刻他简直无地自容。

# 裸　浴

○杨晓敏

窗外投射进来柔和的光线，溟漠迷离。热气蒸腾起乳白色的雾状水珠，充塞其间，人若隐若现。

军人长时间挺立于淋浴头下。滋滋有声的水线像音乐，溅落皮肤上令人痒酥酥的，从心灵深处轻微震颤，继而产生幻觉，产生愉悦欢畅的快感。五年了，他在那座连鹰也飞不上去的雪山哨所，根本不可能像现在这样，全身赤裸地站立片刻。每当巡逻回来，即使在牛粪火旁用热毛巾擦几下身子，也要把上半身与下半身分开进行。感冒在西藏是个吓人的字眼。假若谁带着感冒到西藏来当兵，说不定几年后会带着感冒退伍回家。

又一遍打上肥皂。揉搓。洁白的皂沫把他粉刷一新。他想自己现在的这副模样，一定像一座活动的雪山，手指划过的滑腻肌肤是冰岩。他沉浸于既兴奋又疲倦的状态。

哗——雪山融化，显现出坚实的岩石。排长说他像大卫。全裸的男人体现无与伦比的雄性美。

握拳。双臂向上弯曲成90度。两腿下屈。昂首扩胸。他鼓足内力连续做完自编的健美体操，只见全身筋脉勃张，强健的男性电磁波似乎哗然扩散，凸起的肌肉与绷紧的骨骼显示出“业余登山运动员”沉静蕴涵的力。胸肌、三角肌以及腹肌凝聚一团，富有弹性——一片有角有棱、波峰浪谷的山峦轮廓。

他曾在哨所里坚持雪地打拳，把两大块石头捆在木棍上练举重，以不懈的体育锻炼来延缓高原对青春残忍扼杀的速度。在那偏僻荒漠的雪域里，只有银龙起舞的鹅毛大雪，只有铺天盖地的季风，只有灼人皮肤的强烈紫外线。他们的哨所就在界桩不远处，那地方海拔 4900 米，连空气里的氧气都不够吸。哨所每年有 5 个月的时间要到河里背冰化水吃。雪地拒绝“绿色植物”，连草也长不过 8 寸。过春节时，哨所会从 200 公里外的团部，弄来一些大葱或者胡萝卜……不过，牛粪火挺旺的，他是五年来第一次从雪国里出来，看到世界上还有这么繁华的地方他很高兴。

再换一种姿势。双手向上作力举千钧状。——记得有次在边境巡逻，他攀上峭壁，准备搜索山洞。人刚到洞口，闷雷一声咆哮，里面突然蹿出一头棕熊，居高临下扑来。他反应灵敏，见躲避不及便猛然横枪顶住熊掌。熊嗥呜呜，大嘴里喷出的唾沫溅了他一脸一身。战友们吓得连大气都不敢出。他的身体正好遮挡着熊的正面，无法开枪解围。山洞旁只能容下他一人，别人无法靠近。人与熊僵持着。他的双臂酸疼，眼冒金星，丝毫不敢怠慢。20 分钟过去了，他在自己的意志即将崩溃的瞬间，大吼着发出全身积蓄的能量，拼命向上一推，掉转枪口就是一梭子……

深呼吸——放松肌肉，他想起遥远的哨所，觉得自己今天实在是太幸福了。

# 旗　袍

〇宋以柱

小镇不大，年头却长。两条省道，一东西，一南北，交会出小镇的中心。来小镇上的外地人，大多找两个人，一个是镇南的水果大王刚子，一个是镇北的裁缝张。

外地人肯到无名小镇做旗袍，可见裁缝张的手艺了得。小镇上的女人近水楼台，穿旗袍的就多一些。春末夏初至秋深，女人们乐此不疲。尤其那些好身段的女人，几乎把旗袍当做自己的招牌。得了空闲，就纷纷着旗袍亮相。外地人来小镇做很多生意：运水果、拉河沙、收木材、贩猪牛羊，等等。做完了生意，还愿意在小镇上的小旅馆留恋几日，眼睛盯着穿旗袍的女人不放。穿旗袍的女人们无形中主宰了小镇的经济往来。

但刚子的女人不穿旗袍。女人是上海人，上海女人管自己叫“阿拉”，管别人叫“侬”。胸脯翘得摁不住，到腰那儿又猛地细下去，把肉转移到臀上。说话快得听不清，软得拿不住。在冷库里干活的男人就骂：×××刚子。然后把苹果箱摔得满地打滚。

女人不问冷库上的事。闲了，就捧了茶杯躲太阳，看工人干活，跑到选苹果的女人堆里拉呱。尽管没人能听懂她。女人的一个最爱，就在衣服上，春夏秋三季，清晨中午下午换得那叫一个勤，时间长了，干活的男人女人给她一个外号：三换。在刚子面前也喊，刚子不恼，很受用地笑一笑。时间长了，女人也明白，也不恼，反而转几个身，双手捧了屁股，咻哧地笑着说："阿拉就是这儿太肥了。"女人不喜欢自己屁股上的肉太多。

包装苹果的女人们却对女人换来换去的服装不以为然，撇一撇嘴："臭摆，还是裁缝张的旗袍养女人。"旁边就有人拿苹果打说话的人。

女人听到这话，两眼亮晶晶的。

女人不是不想穿旗袍。是刚子不让。女人觉得委屈。女人看到店门口穿了旗袍的其他女人，悠闲地舒展着身子东张西望，或者拿了一块上好的绸子，去找裁缝张，女人就叹口气，待上半天，端了茶杯怨一句：衰刚子。

女人渐渐知道了街北那儿的裁缝，姓张，手艺精绝。女人心里就痒痒得不行。跟刚子说，却孬好不答应。夜里，翻来覆去地缠刚子。刚子爱极了女人，缠得没法，狠叹一口气，幽幽地说："那原是我们家的手艺，缘自一代名流宋美龄的大裁缝，是我爷爷苦熬十年学来的。我父亲希望我继承下去，却又半路收了一个徒弟，就是这个裁缝张。他说裁缝张对女人感觉更准确。"刚子长叹一声。

"后来我自残一指，另谋生计。我也能做出好旗袍，我喜欢用黑色的丝绒。旗袍这手艺得有好女人养着。"刚子看着半截断指，目光有些呆滞。

刚子看着自己的女人，一字一句地说："你不要去招惹他，我不想再和他有什么过节。"女人不再言语，只把一个温软的身子迎上去，心里却拧了一股绳。

趁刚子走南方送苹果，女人迈着小碎步就去了。

几间平房，院落不大，收拾得很干净。屋檐下几株月季怒放，飞舞着几只蜜蜂。左侧三间偏房，玻璃为墙，长纱垂地。门框左右石刻一副对联：任尔东西南北客，此事不关风与月。进得房来，三十几个平方米的样子。中间是操作台，北面靠墙是做好的各种旗袍，如意襟、斜襟、双襟；高领、低领、无领；丝绒的、真丝的、织锦的；樱桃红、蟹青、海蓝、杏黄、烟紫等，各式不一。每一身旗袍都宛如一个妖冶的女人。女人看了心里更痒。

“做旗袍吗?”声若金属，尾音若钩。女人的心像给热手捂了一下。男人身矮体胖，浓眉大眼。让女人感慨万分的是，这个男人却有一双好手，手掌阔大，五指修长，饱满细腻，此刻正悠闲地握一把软尺。女人有些慌乱。

女人很快选中了一块小花、素格、细条的丝绸料子。

裁缝张知道他是刚子的女人，动作有些犹豫。裁缝张的软尺比常见的略厚，金黄色，软硬适度。量到胸部、臀部这几个突出的地方，略微一紧，一松，女人心里也跟着一紧，一松，舒服得不好说。裁缝一双手鱼一样在女人身上游走，颈项、手臂、胸、小腰、臀，一路下来，却并不记在纸上。结束的时候，擦一把细汗，小声地说一句：“旗袍将是另一个你。”女人心里颤悠一下，身上也出了一层细汗。

这时，女人似乎听到一声叹息，回头看时却没人。

正要出院门，女人感觉有人盯她。再回头看时，正屋门口站了一个女人，清秀端庄，宛若旧时的大家闺秀，眼神却飘移不定。女人对她一笑，心里就奇怪：她怎么不穿旗袍呢?

七天以后，女人刚穿上新做的旗袍，刚子回来了。

女人分明看到刚子的眼猛地一亮。其实刚子最初喜欢上她，也是因为那次她穿了旗袍。刚子的眼没亮多久，一张脸就变黑了。刚子一言不发，转身就走，一夜未回。

女人细声细气地哭了一夜。

天刚放亮，有人跑来告诉女人，刚子给带走了。他剁掉了裁缝张的两根手指。

在看守所里，刚子还黑着脸，却有几分安详。

“刚子，侬为啥事?”女人依然期期艾艾。

“别去招惹那个裁缝，好不好?”刚子一脸的苦楚。

在看守所门口，女人遇到了裁缝张家的那个女人。

“我来看看刚子。”她好看地一笑。

女人意外地看到，她穿了一件黑色的丝绒旗袍。

女人点线分明，华贵而典雅。

# 生死抉择

○喊　雷

傍晚时分，滔滔洪水铺天盖地而来!

舍不得离开家园又终于不得不离开家园的刘大爷，看到洪水已经漫上桥面，才拄着拐杖，扶着桥栏杆，带着孙儿，小心翼翼涉水过桥。

走着走着，他突然发现原本好端端的桥栏杆有一两丈不见了，于是用木杖探试，才知道这座五孔桥中间的一孔已被洪水冲塌。多危险哪——要不是这段栏杆提醒他，爷孙俩再往前跨出一步，就会双双葬身激流之中!

于是爷孙俩赶紧掉头往回走，打算爬上屋后的小山逃生避险。

爷孙俩刚走回桥头，就看见不远处有一辆汽车正向大桥开过来。

险在眉睫!

刘大爷当机立断，赶紧迎着这辆汽车奔去，站在公路中间，频频挥动手中的木杖示意并大声呼喊："大桥断了!"

然而不知为什么，车上那位留着长发的司机不仅没有因此停车，反而突然加大马力，不顾有木杖阻拦，快速绕过立在路当中的刘大爷，猛地冲上断桥，在刘大爷雷喊风吼般的"啊呀"声中冲入河底……

"爷爷，这位叔叔为什么要自个寻死?"

"孩子，你不懂。他不是寻死，而是求生!他加大马力是为了尽快逃离险境。"刘大爷一边惋惜地拾起被车碾断了的木杖，一边说。

"你给他挥手，他为什么不肯停车?"

“风声雨声太大，他听不到我的喊声，他误认为咱爷孙俩要搭他的车逃难。他不愿为咱耽误他宝贵的时间。可是他哪里能知道前边等待他的是这样一条死路！唉，可惜我的木杖太短，没能挡住他。”

“他怎么敢碾断你的木杖?”

“这是非常时期，别说碾断一根木杖，甚至还可能把我撞倒，从我身上碾过去呢。”

“爷爷，洪水越来越大了，咱们还是赶快上山吧。犯不着在这儿拿生命去冒险!”

“我还要等一等。你听，远处又有汽车开过来了。我还得在这儿拦车，把大桥断了的消息告诉他们。你先抄小路上山，别在这儿等我。”

“如果他们还像刚才那位叔叔那样，甚至对着你把车开过来怎么办?”

“不能这样想。世上的人不都一个样，如果再过来的司机仍误认为我要搭车逃难，却愿意把车停下来，那么他就能因此得知这一险情，同时也会因此大难不死。如果……如果他不肯停下，一意孤行，硬要去死，咱也挡不住。是死是活，现在只能让人家去选择。但是我绝不能见死不救!”

正说话间，又一辆汽车驶近了大桥。

刘大爷猛地推了孙子一掌，吼道：“你——快走!”紧接着拿起那半根木杖，几大步跨过去，视死如归地又一次站在了公路中间。

# 贺结巴

○曹德权

在小镇的畸形人物中，死得最为悲壮的，恐怕要算贺结巴了。在他的墓前，至今立着一块石碑，上面刻着一行大字：抗日壮士贺烈士国良之墓。

贺结巴在云镇下河村中也算是个引人注目的人物。十几岁便长得牛高马大的，一副好身架却因结巴败了相。说话舌头打不了转，成了夹舌，到后来长大后更加严重。平时倒不打紧，耐着性子给他说话还是没问题的，一到急处他一急就完了，好半天说不清爽一句话，弄得满脸痛苦舌头发僵。

就是这样一个人物，却成了抗日军人。

那是在日本人打来时，偌大个中国只剩下西南一隅，四川便成了战时兵员补给基地。全民皆有守土抗战之责，国民党依“三丁抽二，两丁抽一”的战时政令，在农村大肆征抓壮丁，集训后源源不断地补充进前线部队。

许多农民便开始东跑西藏躲壮丁，贺结巴不躲，他家里人也不要他躲，照样下田干活儿。说他个夹舌，咋个会让他去当兵吃粮呢？

贺结巴不躲，倒真让保长带人抓住了。保长知道他是个夹舌，一边用绳子捆绑贺结巴一边说道：“你牛高马大一个壮实后生，舌头不灵活关啥子事呢？只要你双手双脚是好的，腿能跑，手能打枪，这不就能上前线打日本鬼子了吗？你去了部队上，好生干，不定还会有个大出息呢！”

贺结巴参加新兵训练后，便补充进了川军王铭章师长的部队。长官见他有一股子蛮力，便把他分到机枪连扛轻机枪，他很愿意，咧嘴一笑："嘿嘿，这行、行头，好、好嘞！打、打起来，过、过瘾咧！"

长官和一围儿的士兵，轰地笑了起来。

贺结巴急了："笑、笑球！我、我、我，说的、是、是、是、是这理儿、不？"

长官说你别说了，上了场去打日本鬼子，可别给川军丢脸。贺结巴说："当、当然！"

不久，王铭章师长率部出川，开赴前线对日作战。时值李宗仁将军正指挥本战区部队进行台儿庄战役，王部奉李宗仁将军之命驻守滕县，抗拒迟滞当面日军的行动，以减轻主战场我军的压力，迅速对攻击台儿庄的日军实施围歼。

这是一场已载入史册的空前残酷的战役。

驻守滕县的王铭章部，同日军展开了血战。王部出川时，几个战区都瞧不起他们，说川军不经打，不肯收留他们。现在李宗仁收留了他们，一上战场就是一场恶战。王部上上下下本就窝着一股气，想打出个样子来给人瞧瞧，加之抗战守土，打击外侵深入人心，士气高昂，一交手就拼起命来，使日军几波冲击便在阵前陈尸累累。

日军想不到会在滕县遇到劲敌，也发了狠，对滕县守军出动大批轰炸机，调来重炮部队，对守军阵地实施连续的狂轰滥炸，多梯队波次冲击，战斗的激烈程度，为王部上下所仅历。

守军伤亡迅速增大，阵地上已没有多少人了。所有轻重伤员均在战斗中拼至最后一口气，没有一个下火线的。但他们没能盼来援军。

汤恩伯部竟不顾李宗仁连连急电责斥，按兵不动，致滕县守军陷于最后绝境。

王铭章师长发出最后一份决以身殉国的电报，看了看身边的人，仅有最后几个伤兵了。他轻轻拍了拍身边抱着机枪的大个子：“你叫什么名字?”大个子答道：“报告，师、师长，我叫、叫贺夹舌!”王师长微笑着道：“好，我们四川人连夹舌都是军人料子，你不怕死吗?”

“不怕，我、我们的、弟兄、们、都、都死了。大家死、死在、一、一起，到了、阴、阴曹、地、地府，还是一、一个师!”贺结巴答道。

“好样儿的，有股子豪气，到了阴曹地府，我还当你们的师长!”王铭章笑道。

贺结巴也咧嘴一笑。

10 分钟后，腾县守军阵地上激烈的枪声停止了下来。

王铭章部全军将士以身殉国。

贺结巴是最后一个死的，他抱紧一个日本兵，张嘴生生咬断了日本兵的喉管，几个日本兵同时将刺刀捅进了他的后背……

# 定 金

○聂鑫森

在古城的雨湖边，有一条兴旺了十年还在继续兴旺的古玩街。街道不宽，铺着一色的长条麻石，光洁可鉴，两边的店铺一家挨着一家，青灰小瓦，朱红楹柱，黑底金字的招牌和门联，氤氲出一派古典的意绪。青铜器、瓷器、字画、家具、杂项……都是上了年岁的玩意，至于是真是假，是优是劣，那就看买家的眼力和运气了。

古玩街是绝对禁止车辆通行的，来者无论贵、贱、高、低，对不起，只能徒步游走。面对“历史”，一律“万法平等”，谁也不能特殊。

四十岁出头的晁昱，执掌了十年的“古珍斋”。他是文博系的大学毕业生，先是在一个中学教语文，学非所用，苦恼得很，然后辞职下海做古玩生意，可说是本色当行。他的店子经营什么呢？古代和民国瓷器！博物架上摆满了盆、瓶、碗、罐、壶、杯，官窑、民窑的都有，但精品却不上架，真有识货的，请到里间去欣赏和交易。他的店铺收拾得洁净、古雅，永远只聘用两个年轻干练的员工，而且自立规矩：绝不出售赝品。懂行加上诚信，“古珍斋”的生意不显山不显水地越做越大了，晁昱成了古玩行的“亮点”，名声很响。凡到古玩街来的人，没有不去“古珍斋”的。

上午 10 点钟的时候，薄薄的秋阳洒下一街金辉。

处在街口边的“古珍斋”，门外忽然人声喧哗起来，一群人簇拥着一个年轻的女郎站到了台阶上，还有好几个记者在追踪报道和拍照。

坐在柜台边，正看着一份晨报的晁昱，从容地放下报纸，往门外打量。古玩店没有出门迎客的道理，遵循的是古训：奇货可居。在女郎转过身来观赏门联时，晁昱立刻认出了她就是北京来的歌星红花花。她当然只是小有名气，专唱通俗爱情歌曲，有一首《我就是爱情的粉丝》在青年人中传唱不衰。昨夜，红花花在本市的“美好之夜”首次登场亮嗓，唱了两支歌，每支歌报酬一万元，而且只演唱三个晚上，就得赶到另一城市去。晁昱当然没去现场听歌，但晨报上登了大幅的照片，发了消息和通讯，他读报时便记住了这个红花花。

红花花个子高挑，穿着洁白的低领连衣裙，头上蓄着两个扎红绒绳的小辫子，显得很天真很单纯。她领头轻盈地走进店堂，然后很夸张地扬了扬手，说：“嗬，这么多好东西！我就喜欢看古玩、买古玩，我就喜欢这种有历史感的地方。”

记者们赶忙拍照、记录，生怕漏掉了什么细节和话语。

“谁是老板呢？一定是你，你的大名叫晁昱，一到贵地我就听说了。”

红花花跳跃着走到晁昱的面前，像是多年的老相识。

晁昱连忙站起来，彬彬有礼地说：“我就是晁昱。大明星红花花莅临敝店，蓬荜生辉啊。”

这时，从红花花背后，闪出一个穿黑色西装的中年男子，手里提着一个棕色的公文包。

“晁老板，我是红小姐的经纪人老游，你好。红小姐想买几件古玩送朋友，麻烦你引引路，介绍介绍。”

晁昱走出柜台，说：“红小姐一定有好眼力，错不了。我可以保证，她看中了什么，价钱一定公道。”

红花花笑了：“晁老板，你先别说什么，若是我看中了哪件东西，我先说，你看对不对，好吗？”

晁昱说：“好，我不说，要不就是‘班门弄斧’了。”

晁昱领着红花花，走过一个一个的博物架，其他的人都紧跟在她的后面。

她取下一个青花瓷笔筒，双手捧着，翻来覆去地看，不时地把脸转到照相机和摄像机的镜头：脑袋稍稍斜着，眸子里流出动人的笑意。“这是民国初年醴陵出产的‘釉下彩’，很精美，我要了！”

老游说：“你也不问问价？也许晁老板可以打打折！”

红花花发出清脆的笑声，说：“我喜欢的东西，绝不要打折。一件高兴的事，干吗要打折呢？”

众人忍不住鼓掌叫“好”。

老游说：“那是。”

“啊，这只瓷笔洗多漂亮，是光绪年间的？是‘釉上彩’，出自景德镇的名家之手？”红花花转过脸去问晁昱。

晁昱机械地点点头。说明卡上都写得明明白白，红花花扫一眼就记住了，平日背歌词背曲的功夫，在这一刻用得恰到好处。但他也清楚了红花花的底细，她对古玩不是真懂！这让他很难受，他轻易地被她拉进了“陪衬”的角色。

快到中午了。

老游的手机响了，他挤出人群到一边去说话，声音非常响亮：“好，好。12点整，在‘名流大酒店’宴请红小姐，你们太客气了。红小姐在买古玩，我们争取准时赶到！”

红花花说：“又是吃饭？真烦人！老游，这五件古玩，我都要了，付款！”

老游蹿过来，问晁昱一共多少钱，边说边打开公文包，里面塞着一沓一沓的百元大钞。

“一共两万元。红小姐是初次光临，18000元吧。”

红花花摆了摆手，笑着说：“晁老板开店辛苦，这两千元的优惠就免了，我还得谢谢你的热情哩。”

老游正要拿钱，手忽然停住了，说：“晁老板，红小姐住在宾馆，来访的人多，怕碰坏了这些古玩，寄存在你这里好不好？按你们这行的规矩，先交百分之十的定金，取货时，再一次性付清款项，好不好？”

“当然可以。”

红花花说：“晁老板，你可不能再卖给别人呀！”

晁昱说：“那是不会的。但你不来提货，按规矩，定金就没有了啊！”

红花花这一群人，终于说说笑笑地走了。

第二天的晨报和娱乐小报上，刊载了红花花逛古玩店、买古玩、下定金的消息和照片，而且篇幅很大。

三天后，红花花并没有离开古城，不少夜总会争相邀请她去唱歌，白天、晚上连轴转。这么喜欢古玩的年轻女郎，这么有文化素养的歌星，谁不想一睹她的风采呢？

半个月后，红花花飘然离开了古城。

小伙计问晁昱：“她就这么走了？连定金都不要了？”

晁昱轻叩柜台，说：“两千元算什么，她是拿古玩说事，把自己炒热了，钱也就赚海了！”

# 一束鲜花

〇许　行

她给我一张名片，在英文名字下还印着“彭黄丽珠”四个中文字。这名字说明她本人姓黄，丈夫姓彭。

她四十多岁，苗条、秀丽、活泼、机敏，正是女人第二个青春的开始。刚做完博士后就成了一家大计算机公司的总工助理。这在留美学人中也算强人了。四十已过的女人，多不易呀！

她要买一座“花园洋房”，然后把丈夫和孩子从台湾接来。没人帮她，就抓了我这么个老头子给做伴。我说，不赘脚吗？

她说，哪里话，全有赖老伯助威了。

是啊，我也只能起此作用。

美国房产业不景气，是买方市场。商店门口任人随意拿的房屋销售小册子，一摞子一摞子摆在那里，她一本都不看，只从报纸上找房屋出售的广告，然后电话联系，开车去看，直接与房主打交道，完全抛开了经纪人。彭太太办事跟做学问一样颇有心计。

买房子是件大事，她说不看三十幢房子下不了决心。于是，她开车到处转，我就在身边陪着。整整看过了二十九幢，似乎她还未最后定夺。

这天，到了第三十户售房人家。一幢赭石色砖面二层带地下室的小楼，旁有能容两辆车的车库，都整修一新，从外表上没法看出它的房龄。前后草坪宽阔，修剪得十分整齐。院心小桃红盛开，院后的梧桐树枝繁叶茂。未等进入楼内，外面就已招人喜欢。

彭太太说，若在台北那样人口密集的地方，有这样一幢住宅简直就是神仙了！

接待我们的是位中年妇女，黑头发、高鼻子、大眼睛、白皙的皮肤，看不出她是个什么族裔的美人。她领我们先看了外客厅，这间直通楼顶的大厅，高悬着的吊灯与四周壁灯都青一色是黄铜的，就连两张红木小茶几也是黄铜镶边，非常协调、气派，而且古朴、典雅，地板上铺着的波斯地毯，两边摆着红木扶手的皮沙发，也都整旧如新。这些进屋后就又给了你一个惊喜，我见彭太太已面露笑容。

外客厅后面是书房或称为工作间，还有一个较小的内客厅，这是只供家人聊天、看报、看电视等休息之处。另一边是餐厅、厨房、洗衣间、卫生间等。楼上则是四间卧室，一大一小两个卫生间，一大一小两个衣橱，还有一个直通楼外的宽大木头阳台。至于地下室则有健身房、木工间和一个自控供热水的小锅炉，以及一个储藏室。

这幢小楼住个三口人的小家庭，实在是太舒服了，所以彭太太边看边点头，看来她对这幢住宅较为中意。也许正因如此，彭太太对房屋的举架、墙壁、地板甚至管道、壁橱等也都看个仔细。

最后看到主卧室，我们一下子呆住了：一个有些脱了相的男人躺在一张躺椅上，两只大眼睛有点吓人。接待我们的女人连忙告诉我们，这是她患了癌症的丈夫，因为没有钱进医院去治疗，所以才不得不卖这幢房子。

我们忙向病人问好，病人也无声地颔首向我们答谢。

看来这是一户走入了困境的家庭，我们也跟着有点心酸。按照通常情况这种危急中出售的房屋价格都是较低的，我们根据实际比较，房价也确实是便宜的，看来这幢房子彭太太可能真正动心了。这已是第三十幢啦！如果能成我也为她高兴。

在回来的路上彭太太一直处在沉思之中，她忽然把车开在一处商店门前停下，匆匆忙忙一个人跑了进去，又跑了出来，一连进了三家商店，她终于买了一束鲜花拿上车来。鲜花用玻璃纸裹着，从外边可以看见那里面红玫瑰、郁金香、紫罗兰都有，这束花我估算起码得15美元。我不清楚她买这束花要送给什么亲友，一直到车又开回到原来售房人家，我还有些懵懂。

彭太太拉着我进去，把鲜花满腔热情地献给了病危的房主，并衷心祝愿他能战胜病魔，早日康复。

这大出房主之意外，他非常感动，一时间说不出话来了。

我对彭太太这一行动，也由衷钦佩。她能施爱于一陌生的贫困病人，其心难得。

谁知更出乎意料之外的，是在我们走出来即将登车之际，那个病危的房主竟撑了出来。他对我们深深鞠躬，极其忏悔地说：十分对不起，我不是病危的癌症患者，这不过是出售有问题房屋的一种骗人的伎俩，请你们另寻其他房屋吧！最后又加一句：太太，一定请房屋专家看好再买。

彭太太出了一身冷汗……

我则思绪起伏，激动不已。

# 丢　失

○刘国芳

父亲对女儿百般呵护。

女儿很小的时候，父亲总抱着她，有时候也背着或把她顶在头顶上。女儿会走路了，父亲总牵着她，带她去玩。女儿再大些，父亲便骑辆自行车带女儿到处转。和其他的父亲一样，父亲也会趴在地上，让女儿把他当马骑。父亲也会给女儿讲故事，甚至讲一些吓人的故事，吓得女儿直往他怀里钻。他们家里穷，但女儿要什么，父亲都能满足女儿。有一次，女儿要买一种色子糖。那时候父亲身上只有1块钱，这是父亲去上班坐公交车的钱，但父亲还是把那1块钱全买了糖给女儿。而父亲，这天只有走着去上班了，有十多里，父亲一去一回，足足走了3个小时。

在女儿小时候，父亲最担心女儿会丢失，父亲去上班或去外面办事，总会反复交代女儿，跟女儿说："你莫出去，出去会丢失。"

女儿说："我不出去。"

但父亲还是不放心，有时候好好地上着班，还是会偷偷地跑回来，看女儿。但父亲再用心，女儿还是丢失过一次。那一次父亲不在家，女儿走了出去，到晚上都没回来。父亲这天急疯了，到处找。后来，父亲终于在街上找到坐在路边嘤嘤哭着的女儿，父亲一把抱着女儿，然后跟女儿说："叫你不要乱走，乱走就会丢失。"

女儿说："我不乱走了。"

女儿有一个外婆，住在城外一条河边，女儿七八岁和十来岁的时候，会一个人去外婆家玩。父亲见女儿要去外婆家，总跟她说：“不要到河边去。”

女儿说：“我不去河边。”

但父亲仍不放心，他在女儿去了外婆家后，也经常去看女儿，见女儿不在河边，他才放心。

在父亲这样百般呵护下，女儿大了。

女儿大学毕业找工作时，父亲花的心思最多。工作难找，父亲整天在外面找人。有那么十几天，做父亲的，根本就睡不着觉，总在床上翻来覆去。后来，在父亲的努力下，女儿终于和一家重点中学签约了。到这时，父亲一颗悬着的心才放下来了，睡了一个好觉。

但让父亲怎么也没有料到，女儿工作才三个月，就不做了，要辞职去另一座叫郑州的城市。

女儿找了一个对象，在郑州工作，女儿辞职，就是要去郑州她对象身边。父亲听了女儿的决定，好几天没表态。就这么几天，父亲好像一下子老了，头上多了好些白发。

几天后，父亲终于表态了，父亲同意女儿去郑州。但父亲很不舍得，他反复跟女儿说：“你去追求的，是你的爱情和幸福，我们不能拦你。但我和你母亲舍不得你去，千般不舍，万般不舍。”

说着，父亲眼里湿湿地潮了。

女儿走了，父亲当然会挂念女儿。挂着女儿时，父亲会给女儿打电话。开始几次，女儿还会跟父亲说一些话。但多打了几次电话，女儿就有一些不耐烦了。一次父亲打电话过去，父亲才喂一声，就听到女儿说：“有事吗？”

父亲没事，他只是挂念女儿，女儿问他有事吗，父亲什么也说不出来。

又一次打电话过去，女儿说："我正忙呢。"

还有一次打电话，女儿竟然说："你怎么老打电话呀，我哪有时间接你的电话！"

这年中秋节，女儿给父亲寄了200块钱。父亲接到钱后又给女儿打了电话，父亲告诉女儿钱收到了，但女儿却说："收到钱就用吧，老打电话，不浪费呀。"

父亲这回看着电话，怔怔地。

后来，父亲许久都没给女儿打电话，而女儿也没打电话给父亲，做女儿的，似乎把父亲忘了。

这一天，父亲一个人上街。在街上，父亲看到一个女孩挽着一个男人走在一起。是个老男人，从他们的长相看，父亲明白他们是一对父女。这对父女一路走着，说着，还不时地笑着。父亲很羡慕他们，便跟着他们，呆呆地在后面跟着。跟久了，女孩就发现有个人跟着她，女孩后来回过头来，看着父亲说："你好像在跟着我们？"

父亲开始不知怎么回答，想了想，父亲说："我也有个女儿。"

那男人也开口了，他说："你女儿是不是跟我女儿一样？"

父亲摇摇头，父亲说："不，我女儿丢了。"

女孩就说："去找呀，把你女儿找回来。"

父亲又摇头，父亲说："找不回来了。"

说着，父亲泪如泉涌。

# 日 记

○周 波

我对女儿说，你小学都快毕业了，怎么从来没看见你记日记？女儿问我，为啥一定要记日记呢？我又说，有了日记，长大后就能看自己的过去，是件很有意思的事。女儿说，每天都一样的，没啥意思。

我吃惊地看着女儿，问她，为何会这么想呢？她说，本来就是这样。

我开始担心起女儿来，从未有过的恐惧。我对爱人说，女儿不喜欢记日记。爱人说，记什么日记呢，读书要紧。我更担心了。

我第一次决定早起，平时，我是一个喜欢睡懒觉的人。现在，我揽过妻子的活，给家人准备早餐。然后，我出门。

我去花店，我当然是去买花。店主问，这么早买花送给谁？我说，送给女儿。店主又问，女儿多大？我说，12 岁。店主笑着说，你是一个浪漫的爸爸。我说，每天早上我会来这里买花。

女儿一脸哈欠地起床。我说，发现今天有啥变化吗？女儿愣了愣，接着“哇”的一声叫了起来。她发现了我插在床头柜上的鲜花，还特意用小鼻子去闻了几下。我说，你的房间充满着花香。女儿说，谢谢爸爸！

我成了家里出色的厨师，每天不断地变幻着菜肴的花色品种。今天吃鱼，明天吃肉，后天突然加一个汤。其实，我原来只会做红烧鱼，如今，我还能很熟练地做清蒸鱼、酸菜鱼、麻辣鱼、糖醋鱼、葱油鱼……除此之外，我还滔滔不绝地讲做菜如何保持营养不丢失的一番理论。这让一家人惊奇不已。妻子夸赞说，想不到我会这么能干，也不知哪儿来的动力。女儿说，是呀，爸爸的手艺是越来越好了，过去怎么就没发现呢？我笑笑。

周末很快又到了，我提议一家人去公园玩，得到热烈响应。在人造的公园里，女儿一路奔跑，一会儿去划船，一会儿又去荡秋千。妻依偎着我说，瞧，咱们的女儿多开心！我说，她需要走出来呼吸一下空气。妻白了我一眼，好像我在批评她似的。我依然笑。

女儿的床头柜每天有水灵灵的鲜花绽放。有一天早上，我走进她房间。我说，最近你没记点什么吗？女儿说，等等看吧。

我还是每天早起，最近，我在女儿的房间里放大束的鲜花了，我要给她一个视觉冲击的效果。女儿中午驻校，晚上回家时，我陪她打球、陪她逛街、陪她养宠物……反正，她现在一点儿也不寂寞，她应该很快乐。

女儿的作文基础非常好，学校的墙头上经常有她的作品展示。可她讨厌写作，她说那是逼出来的。爸爸是作家，女儿至少对文字也带点感情。我很头疼，女儿为何这么懒呢？难道她不应该写点什么吗？

我还是惦记着让她记日记，我常常在她面前拿出自己学生时代的日记本，整整二十多本。我翻着自己的日记和她讲过去的事，开心处，她会咯咯笑起来。不过，她大多数的时间是不想听我的故事。那都是些老掉牙的东西，现在还会发生吗？她常说。我无言。

那天，在她回家放下书包的时候，我找她谈心。我觉得时机应该成熟了，这么多天，她应该觉得生活是新的了，应该可以记日记了。

我问她：最近开心吗？

女儿说：开心。

我笑起来说：你是不是发现最近每天都不一样了？应当记下来才是。

女儿看了看我，说：爸爸，你还有什么花招吗？

# 沈韶荆

〇张晓林

沈韶荆，汴京绿云巷人，和皇帝有点小连襟，原在吏部供职，官居尚书。有一次，皇帝到吏部巡视，见韶荆和两三个大臣在吃早饭，就问道：“众卿家都熟悉种地吗？”这几个大臣多来自乡野，都说熟悉，唯独沈韶荆低头不语。韶荆是世胄，在京城长大，在京城做官，他怎么会熟悉种地！

皇帝就有些不高兴，说：“饭食本源都不知道，怎么去治理国家？”拂袖而去，竟把沈韶荆晾在那里。

隔一天，圣旨下，云：雍丘县令空缺，即着沈补。

沈韶荆就来到雍丘做了县令。

在雍丘任上，沈韶荆很少离开县衙，偶然去拜会一下本县的名流乡绅，也要叫家仆把轿子刷了再刷，把衣服展了再展（有一丝的灰尘也要弹下来），他还把他的那三绺胡须，对着镜子梳了一遍又一遍……直到看着满意了，才登轿起程。

每次有了案件升堂，沈韶荆都要很威严地把帽子扶正，然后才判案。他判案时的声音很低沉，让人有喘不过气来的感觉。案犯都很怕他，很少有人和他对视。沈韶荆对待犯人也很严厉，他发明了几种独特的刑具（可惜都没能流传下来，连叫什么名字后人都不知道了），惩罚犯人的方法也常常更新，一些惯犯在雍丘待不住了，就跑到了别的地方。

雍丘竟然让沈韶荆治理得风平浪静。这事传到了皇帝耳朵里，皇帝高兴地笑了。

隔一年，沈韶荆突然不再升堂，据传他病倒了，他得了一种很古怪的病。从京城请来了好几拨医生，大概都没看好，这些京城来的医生又陆续被悄悄地送走了。大堂之上仍不见沈韶荆。至于沈韶荆得了一种怎样古怪的病症，却似乎无人知道。

有一天，一顶官轿抬到圉镇“济仁堂”。

“济仁堂”是圉镇名医王竹楼的医室。

医室简陋，医生却是名医。有一次，王竹楼外出办事，半道上见几个人抬着一口白茬子棺材去坟地。棺材底下不时涌出血滴来，抬棺材的人走过去，竹楼半蹲在地上仔细看了看那血迹，忽然大声喊道：“停下，人还有救!”

抬棺材的人认为他是个疯子，没有一个人理睬他。竹楼疾走几步，拦住棺材。主家见状，怒道：“哪儿来的疯子，快滚开!”

双方正在僵持，有人认出了他，说：“这是圉镇名医王竹楼。”但大家还是不相信死人能够救活。这是个产妇，难产而死，已经整整一天了。王竹楼见大家还在犹豫，又喊一声：“快抬回家!”

到了家中，把产妇抬到床上，王竹楼打开医囊，对产妇进行医治，不大工夫，产妇死而复生，孩子也顺利生下来了。

其神若此。名医王竹楼救人多矣。

王竹楼治病，最喜欢治那些很棘手的病，越是棘手的病，对他的诱惑就越大，他也就越感兴趣。大概医术到了一定境界的人，都会有这样的毛病吧。

一听说沈韶荆得的是种极为稀奇的病，王竹楼心里就有些痒痒了。他先自急了，催轿夫说：“走，快走!”

来到县衙，王竹楼被人领进一间密室。这间密室布置得很讲究，好像还洒了香料。中间放着一张床，有帐子遮着，这大概就是沈韶荆的病榻了。床前有一只小凳子，铺着绣垫，王竹楼坐下来，静静神，伸过手去，想把帐子撩开——

这时，王竹楼就听到了一个可怕的声音：“别……”这声音听上去缥缈，似有若无，一点质地都没有（却有着几分恐慌和惊惧）。王竹楼大吃一惊：这病人几乎到了不治的地步！可病人为什么还不让揭帐子呢？

密室里的灯光很微弱，一只蜡烛在流着朱红色的泪。

帐子还是被王竹楼揭开了。就在那一刹间，王竹楼呆住了，病榻上躺着的哪里是人，简直是一具骷髅！瘦得不成人样儿，那两只眼睛已深深地凹陷下去，头发都脱落光了，像一个丑陋的葫芦。掀开被子，一股腥臭刺人鼻孔，几乎让王竹楼昏厥过去。

难道这就是昔日那个威风凛凛的雍丘县令、一品大员沈韶荆吗？王竹楼一阵黯然。

王竹楼走出密室，家人早在门外等候，把他迎进客厅，焦急地问：“老爷的病还有救没有？”王竹楼不语。

沈韶荆一家大小便哭了起来。王竹楼叹口气，说：“让我试试看吧。”王竹楼又进了密室，他对大家说，半个月内不要打搅他，只要把饭送到门口就行了。

漫长的半个月过去了，王竹楼再次出现在大家面前的时候，人人都吃了一惊：他面色苍白，好像一下子老去了10岁！

雍丘县令沈韶荆的病竟奇迹般地好了。昔日的威仪又归元到了他的身上。沈韶荆备下酒宴，宴请王竹楼。席间，沈韶荆离座走到王竹楼面前，“扑通！”就跪下了，说王竹楼对他有再生之德，他要好好地报答他。

沈韶荆想在县衙给王竹楼谋个官当当。

王竹楼淡然一笑，竟然拒绝了。他向韶荆辞行说：“大人的病已经好了，我再留在这里已没有多大用处，该走了。”

沈韶荆自然挽留一番，眼见挽留不住，脸就灰了灰，说：“恩公再小住两天，等我处理完手头公务，也好替恩公饯行。”

隔两天，沈韶荆备了礼物，叫来一顶轿子，送王竹楼回家。途经雍丘南十里黄土坡，突然从高粱地里蹿出一伙蒙面强盗，二话不说，嚓嚓，把王竹楼和轿夫都杀了，连轿子也付之一炬。

消息传到雍丘，正坐在县衙大堂上的威风凛凛的沈韶荆一声痛哭，竟生生昏倒在地上。皂隶们手忙脚乱地把他救醒，他又大哭道：“是谁害了我恩公，我与之不共戴天！”呆了呆，沈韶荆又喃喃自语：“我一定要拿住凶手，碎尸万段！”

沈韶荆火速调集全县捕快，四下出动，限三日内查出盗匪，捉拿归案。果然就逮住了凶手，沈韶荆亲自监斩，枭首示众。

大殡之日，沈韶荆专程从雍丘赶来圉镇，替王竹楼修了一座高坟，又请汴京著名书法家刻了一个丈余高的墓碑，竖在墓前。圉镇民众睹此情景，不禁肃然起敬，眼睛都潮湿了，都说沈韶荆这个人重义气，是个不多见的好官。

不久，圣旨下，沈韶荆重回吏部。临走的前一夜，他跪在一个牌位前，连磕了三个响头，说：“我这也是无奈呀恩公，做官最讲究的是一个威严，而我肮脏丑陋的面目却叫你看个清楚，你活在世上一天，我就心虚一天，我就一天不能安心为官……你放心吧恩公，我一定会好好照看你的子孙的……”

沈韶荆重回吏部，成了皇上的大红人。他很快就把当初的那位同僚（另一位已死）打发到边远的地方做官去了。

后来，沈韶荆派人到圉镇打听王竹楼子孙的下落，可是王家已是人去楼空。

# 楚羊肉

○杨小凡

在药都有这样一个习惯：无论做什么的，只要是做出名分来，人们总是把这人的姓与他做的事连在一起，称呼这人。卖锅盔的穆芳被称为穆锅盔，做泥塑花脸的汪鉴如被称作花脸汪，以搓澡出名的张昌盛被称作搓澡张。从龙湾出来现住在城西郊西观稼台下的楚三立，以卖羊肉出名，人们就喊他楚羊肉。

楚羊肉所卖羊肉与众不同，他不像其他卖羊肉的，山羊、绵羊、羊下水都卖，他专卖山羊肉，而且从不卖羊下水，只卖那种酱羊肉。他在西观稼台下养着一圈羊，羊杀后，下水和羊脖子都卖给其他人，自己把其他好肉切成方方正正的小块，用小盐腌透，再经煮、炖、熏、炸、烧、卤、酱七道工序，才去夜市上卖。因他做出的羊肉味道鲜美，就成了药都的一块牌子，许多外地的商人都以吃上楚羊肉为荣。药都本城的人更是爱吃，这样，楚羊肉的生意是特别好，又因他每天只卖一只羊，能吃上他卖的羊肉就成了药都人的奢侈。但自从州官张齐爱上吃这种羊肉后，能吃上这种羊肉的药都人更是少之又少。

清末朝廷允许用银子捐官，张知州张齐就是用钱捐的官。俗话说，当官不挣钱拉我都不来，何况用白花花的银子捐的官呢。他一到药都，就开始捞钱，那时当官捞钱的道儿没有今天多，他就只有吃了原告吃被告，不扒下你的皮就不罢休。时间一长，药都人就称他为“张扒皮”，打官司的也少了，两家都得被扒下皮来，这官司谁还敢打。

张扒皮这人是个戏迷，为听戏还打了不少班子的人。他刚来没几天就到“稀音园”去听戏，这一天演的是《官渡之战》。锦袍玉带，粉底白靴，威风凛凛的曹操刚一个亮相，张扒皮的脸忽地变红，大喊一声：“把班主传来！把曹操也抓过来！”两人被带到包厢前，张扒皮大喝：“为什么演曹操戏?”班主回话：“药都乃曹操的家乡，这儿的人都爱听曹操戏。”话末说完，张扒皮又喝道：“每人重打二十大板，老爷我从不听曹操戏！”后来，戏班子人才知道，原来张扒皮的爹叫张诱。三国时，张诱曾投降曹操，且张诱的寡妇婶子邹氏在军营里与曹操做了临时夫妻，这就等于说曹操霸占过他的奶奶。相隔千年，他还叙这家谱，你说霸道不霸道。霸道的事不只这一件，他对楚羊肉就更为霸道。自从第一次吃了楚羊肉的酱羊肉，他就发下话来：从今天起，只准送羊肉给我，其他人不准再吃！

州官都是要夏视农桑的。这年夏天，张扒皮偶尔来到西观稼台，只见楚羊肉的几十只大大小小的羊，在低头啃草。他下轿，弯腰细看，这草种真多呀：有茅根草、葛巴草、扒草秧子、鱼腥草、蒲公英、车前草、大蓟、毛谷谷、扁扁草、满天星、节节草、狗尾巴草、莎莎草、甜蒌蒌芽、地锦草、鬼针草、灰灰菜、布布丁近百种之多。看了半晌地上的草，张扒皮突然大笑道：“告诉楚羊肉，从今年起我只吃夏天的山羊肉！羊要春天下的羔，不能活过三月！”师爷开始不得其解，回衙一问，张扒皮才说：“春天下的羊羔，吃了一夏天的百草，体内自然就渗入了百草的汁液，百草都是药呀！这时的羊羔肉质肥嫩，既是美味，又是药膳啊！”

张扒皮说了，楚羊肉不做不行啊。但从第二年春天，楚羊肉在西观稼台的草地中点上了一千多棵罂粟的种子。夏天来了，罂粟花便开了，花很大，有红，有紫，有白，很是惹眼。山羊羔呢，活跃得很，蹦蹦跳跳个不停，就像小精灵，白色的是白精灵，黑色的是黑精灵，棕色的是红精灵，这些小精灵们就爱吃红的紫的白的罂粟花。入秋了，楚羊肉就按张扒皮的命令，把这些各色小精灵给宰了，然后用雪白的小盐腌在一个一个立缸里。然后，每天再煮、炖、熏、炸、烧、卤、酱三斤酱肉，送到衙门。张扒皮一尝，就庆幸自己的聪明，这样做出的酱羊肉比过去的更好吃了。他每天就着九酝春酒，至少要吃二斤这样的酱羊肉。

谁知，两年之后，张扒皮和他的夫人便都死了。从此，楚羊肉也不再卖羊肉了，酱羊肉就成了药都人一提起来就欷歔不止的美味。

# 老胡的哲学

○程宪涛

逆向思维主导着老胡的生活。

老胡是公司一个部门副科级科员，关于他的年龄完全是我根据他脸上的皱纹多少，头发的色泽稀疏程度，说话走路的状态的综合臆断。估计老胡有五十多岁吧。我的推测立刻遭到老胡的反对。老胡说你不能看表面要看本质，人的眼睛不应该是照相机，而应当是 X 光是 CT 是核磁共振，其实我才 44 岁。这全然出乎我的意料，我感觉老胡就比一般人成熟和深刻。

后来我们把交谈的地点转移到会议室，我们经常开这种无关紧要毫无新意的会议，领导们在台上拥拥挤挤，普通员工在台下稀稀拉拉。我和老胡挨着坐在一起。某个主要领导唾液横飞夸夸其谈，老胡针对领导的每一句话都有注释和旁白。比如领导慷慨激昂宣扬道，我们拥有一个团结向上的领导班子。老胡诠释道，一定是班子内部出现问题，有人搞小帮派另立山头，这是欲盖弥彰此地无银三百两。领导又说，我们每个成员都作风正派。老胡推理道，一定是某个家伙又传出绯闻，领导就像在害怕声音的夜里，自己制造声音给自己壮胆。似乎是为验证老胡的哲学，后来某个副总经理果然绯闻频传，不知道是由老胡的推断引发的谣言，还是确有其事。

一次，我和老胡在菜市场相遇。我和老胡都在一个摊位挑选海鱼，在同样的价钱前提下，我专门选肥胖的海鱼，老胡专挑骨瘦如柴的带鱼。我疑惑地询问老胡缘由。老胡说，这你就缺乏买菜经验啦，那些需要减肥的鱼是养殖的鱼，用饲料养起来的；而瘦弱的带鱼是野生的鱼，纯粹绿色食品，不含任何人工的成分。我表现出心悦诚服的样子。老胡言传身教，做现场指导，他在一旁拿起一个又红又大的西红柿说，这些都是抹过催化剂的，又指点一把青翠的白菜说，这些是上过农药的，然后告诉我说只有那些被虫子咬过，或者营养不良的蔬菜才是最值得信赖的。经过食品摊子的时候，老胡再次循循善诱地告诉我：挑选馒头不要那种白得耀眼的，要那种泛着黑色斑点的馒头，前一种掺入了漂白剂，对人体有害！我对老胡简直佩服得五体投地了。

老胡俨然就是我的生活导师，我竟然有幸接受老胡的单独现场面授。那一次，我与老胡同行到某个城市为公司公干。在火车上老胡因为赶车累得气喘吁吁，正值学生放暑假期间，车厢里面如同沙丁鱼罐头。老胡旁边坐着一个年轻姑娘，她主动起来要把座位让给老胡。老胡却装做看不见的样子，但是那个小姑娘很执著，加上我在一旁提醒，老胡熟视无睹是不行的。这时出乎意料的事情发生了，老胡居然从衣袋里摸出10元钱来，递给那位姑娘。姑娘和我们一样都犹豫了片刻，但是她似乎明白过来，善意地接过老胡的钱。老胡心安理得地坐下来。老胡压低声音对我说，世界上哪里有这么便宜的事情呢，还是小心谨慎为好。我分明看见姑娘把钞票丢给正在沿车厢乞讨的瘸腿中年男乞丐。我没有把这个细节告诉老胡。

到达那个城市后，由于去的地方比较陌生，加上这几年城市变化较大，我们找不到要去的工厂。我向一个像是本地的男子问路。男子手指城市东面的街道，让我们一直走下去。我带头起身开路，老胡岿然不动，就像一尊雕像一样。他说，你不知道在这个城市问路需要问路费吗？不然他们会指示相反的路径。

我赌气说，按照如此推测咱们应该朝着西面走才会到达目的地。

老胡居然说，聪明！带头向西面走去。

我知道，如果根据地球是椭圆体这个特点，我们终究会有一天到达目的地。或许若干年后，会有人看见两个破衣烂衫、形容枯槁的人拄着一根枯藤从地球的另一侧蹒跚而来，那就是我和老胡。

# 诗疯子

〇秦德龙

有个人诗歌写得好，得了个“诗疯子”的绰号。

对月伤心，见花流泪，诗疯子也是这个毛病。诗疯子写的那些风花雪月的诗歌，是很让人们闹心的。尤其是那些婚姻不遂心的妇女，读了诗疯子的作品，总要默默地揩一把眼泪。

有人就想帮助帮助诗疯子。这个人不是别人，是个早年写小说的张三。写诗歌、写小说的人，一般都谦称自己的作品是东西。当然，张三现在不写东西了。或者说，张三写着写着，写成了干部，写成了主管全局的领导。

有一天，张三派人把诗疯子喊了过来。张三首先表扬了诗疯子，把诗疯子表扬成了大红脸。张三说：我是很器重才子的。因为，我也是写东西出身。我希望你写作的路子要宽一点儿，不要老是哥啊妹啊的，磨磨叽叽，嘀嘀哩哩。要成为一个好的诗人，就要投入火热的生活，满腔热情地讴歌时代。我的意思，你懂吗？

诗疯子说：不就是写“出大力、流大汗、战高温、夺高产、上班扛个大铁锨”吗？

张三说：你明白就好。要走出小我，走进大我！我希望能在厂报、墙报或黑板报上看到你的激情之作，看到你表现劳动者的豪迈之作。

诗疯子说：好的，我马上创造一首《劳动者之歌》。

诗疯子说到做到，当夜就写了一首两百多行的《劳动者之歌》。第二天早晨，诗疯子把诗歌拿给张三看。张三读了几行，就做出了批示，指示厂报副刊全文发表。

于是，很多人都读到了《劳动者之歌》，都知道了诗疯子也会写阳刚之作。

诗疯子和张三成了好朋友。

以后，张三有了什么战略部署，就把诗疯子喊来，要他写一首雄壮的诗歌来配合。也就是搞宣传，也叫企业文化。

张三还请诗疯子喝酒。

张三说：说真的，还是你好，无官一身轻啊。等我将来退下来，也要写东西！妈的，有部长篇，在我肚子里扑腾十几年了，一直憋着没问世。其实，写小说，是一件很舒服的事。在小说里，我想杀谁，我就杀谁；我想爱谁，我就爱谁；我想忽悠谁，我就忽悠谁！大笔一挥，舍我其谁?!

诗疯子说：你还是暂时别挥大笔吧。你要挥笔，你就做个批示，给我出本诗集。就算我鼓吹你，你给我发稿费了。

张三说：想得美！我问你，你出诗集有什么用？过去，古代诗人，谁出版诗集了？找几个人，摆一壶酒，当众一念，就算发表了。再不，往墙上刷两笔，也算发表了。李白、杜甫……不都是这样干的吗？

诗疯子喝了一口酒说：你瞧不起我，你拿古人打击我！

张三说：不是我打击你。你的诗集卖给谁？还不是垃圾站多了一堆废纸！我问你，你写的那句，“一滴眼泪，落在了蚂蚁头上”，是什么意思？还有那句，“水仿佛掉进了水里”，不是废话嘛。不是荒唐得看不懂，要不就是废话连篇，还想宰我的冤大头？

诗疯子说：你是逻辑思维，我是形象思维，裤裆里放屁，两衩嘛。

张三说：你说我不懂艺术？你敢说我不懂艺术?!回头，我把长篇写出来，要你看看！

诗疯子说：这样吧，你支持我出去开笔会吧。下个月，内蒙古有个草原诗会，邀请我参加。

张三笑道：骑在马背上开笔会的，肯定是一群诗疯子。我可不能让你去和疯子们聚会。

诗疯子生气了：你又不赞助我出书，又不支持我去开笔会，那你就提拔我吧。不好意思了啊，我伸手要官了啊。

张三大笑：好，好！我要的就是你这句话，等的就是你这句话！凡是伸手要官的人，说明他对工作有积极性，有责任感，有上进心，有奉献精神！我就喜欢工作上挑重担的人！兄弟，好好拉套吧，我亏不了千里马！我不会既让马儿跑，又不给马儿喂草！伯乐不是那样当的！

诗疯子笑了。诗疯子端着酒杯，自饮了三大杯。诗疯子说：张哥，我听你的，我今后不写诗歌了，再写我就是王七的弟弟——王八！

张三说：这话说的就不对了，我要批评你了。我说不让你写诗歌了吗？我是告诉你，不但要写诗，还要充满诗意地干工作。干任何事情，都要满腔热情，权当写诗了，写抒情诗！须知，热情决定一切！

诗疯子脸一红：听君一席话，胜读二十年书！受益匪浅，受益匪浅啊！我一定要好好表现，争取被您提拔！

张三笑而不答。

这次喝酒之后，诗疯子变得更像疯子了，干什么事，都是一路小跑。有时，嘴里还哼着小调。就连上下班，也是摇摇摆摆的，充满了韵味，诗一般的韵味。有人说，诗疯子在搞行为艺术。

有人猜，诗疯子可能要被提拔了。

张三却在一个会议上说：提拔谁，都不能提拔写诗的。写诗的，脑子都不正常，都是疯子！

就有人说：写诗的是疯子，写小说的是忽悠蛋。

# 最爱就是“逃跑”

○闵凡利

这是好伯给我讲的一个故事。

是20世纪60年代初期的事了，有这么一对夫妇，他们都是地质勘探工作者。他们非常恩爱，常常形影不离在一块做勘探。中国的东南西北，都被这对夫妇的足迹踏遍了。所以他们夫妇一直到了35岁才结的婚。为了能和丈夫天天在一起，妻子在生产完孩子一个月后就跟着丈夫又踏上了勘探之路。那时我们国家建国没多久，还属于一穷二白，这对夫妇为了给国家多寻找矿藏，让我们的国家尽快地繁荣富强，可谓是披肝沥胆，不辞劳苦。他们不分日夜，踏高山，穿森林，足迹遍布了中国的每一片深山密林。

有一天，这对夫妇为了寻找新的矿藏又走进东北的一处高山。山上密布着森林，森林里虎狼成群。这对夫妇走着走着就和伙伴们失去了联系。好在这座山他们在一年前踏过，也就没当回事，只是想着在天黑之前赶到营地就行了。这对夫妇就紧张地投入勘探工作中去。从树影里筛下的阳光看，他们知道已是下午了。夫妇俩在这儿勘探出了一座铁矿，若开采，那将是一座大铁矿，在当时，我们国家的钢铁有很大一部分是靠进口的。夫妇两人为今天的发现高兴。他们决定把今天的结果尽快地告诉给大家，好让大家高兴，好让祖国高兴。于是他们收拾好机器就开始返回了。可当夫妇两人爬过以前他们走过的那个小山坡时，两人顿时呆住了：在他们的前面，有一只老虎正注视着他们。老虎的肚子瘪瘪的，看样子是有几天没有打着食了。老虎气势汹汹地看着他们俩。他们夫妇身上只带着一些机器，没带猎枪什么的，因为他们勘探的有专门的枪的，可他们与他走丢了。两人光仗着以前来过，熟悉这儿，也就把保护他们的持枪人不在身边不当回事了。如今，老虎在前面虎视眈眈，逃跑是不可能的。夫妇俩脸色煞白，俩人对视了一下，只好一动不动地看着老虎。老虎也站着，也一动不动地看着他们。就这样僵持了不知多少时间，是老虎打破了这个僵局，老虎向他们走来了，走了几步，老虎就小跑了。在这时，妻子想到了丈夫。因为丈夫是她的最爱，是她遇到的最优秀的地质勘探工作者，是新中国最年轻的地质勘探专家。不论怎样，为了丈夫，为了孩子，为了国家，自己都应该牺牲。于是妻子就慢慢地向老虎走去。丈夫想拉妻子，没有拉住。就在这时，那个做丈夫的突然对妻子喊了一声，就自个儿跑开了。奇怪的是已经快跑到妻子跟前的老虎突然改变方向，向那逃跑的丈夫追过去。不一会儿，就听从男的逃跑的方向传来了惨叫声。后来那女的哭着平安地逃了回来。

当好伯一停下话头，我说了声活该。我说天底下怎么还有这样的男人！好伯等我发泄完了问：你知不知道那位丈夫喊的是什么？我说：老婆，我先逃了。好伯摇了摇头。我又说：老婆，你往另一个方向逃。好伯也摇了摇头。我说：老婆，对不起，我会年年给你烧纸的！

好伯把头摇成了“拨浪鼓”。好伯问我：你知道老虎的特性吗？我摇了摇头。好伯说：你都说错了。那个男的对他妻子喊的是：照顾好孩子，好好地活着！说到这儿，好伯眼里涌出了泪。那泪很浑很稠，盈在了他那深如古井的眼里。我很愕然，好伯知道我的心思，他接着说：知道动物园里为什么人们常常往老虎园里扔活鸡活兔吗？我说：那是锻炼老虎的野性。好伯说：在那种特殊的情况下，老虎绝对只攻击逃跑的人。这是它的特性。最后好伯说：那一对夫妇就是我的父亲母亲。在生命攸关的时刻，我的父亲就是用这种逃跑的方式表达了他对我母亲的真爱和最爱。请问：在那种最危险的时刻，世上还有什么方式比“逃跑”更能表达最爱的呢？

我摇了摇头说：没有。世上真的没有！因为那“逃跑”就是最爱啊！

我亲爱的你啊，为了你的爱人，快用“逃跑”向她（他）表示你的爱啊！

# 自　杀

○徐慧芬

前面交通已经中断。人，车，都堵在那儿。人越聚越多，黑压压的一大片。美术馆附近，这条最繁华的街上，究竟发生了什么事？为什么人的视线都朝向天空？是在观察奇异的星象，还是在追寻不明飞行物？更多的人都朝这个方向奔走。警察也来了。新闻记者也赶来了。

原来一幢几十层高的商业大楼楼顶上，站着一个人，已经站到临界线上了。只要再跨出一步，人就会像鸟一样了。

啊！人们惊呼起来。一个自杀者！为什么要采用这样骇人的方式！会不会是精神错乱者？会不会要搞破坏？因为那人的手里似乎还拎着一只鼓起的包。更多的人们这样议论着，有人拿起了望远镜，告诉大家，那是一个中年男子，衣衫不整，神情沮丧，脸色苍白，目光呆滞，一副落魄相……

还没等警察赶上去，那个男子已经有了进一步的行动。只见他从包里取出一捆东西，打开了，抛了下来。顷刻，一条巨幅标语悬在人们眼前。白底红字，触目惊心：回来吧，我的爱人！你在哪里？你的丈夫白丁永远爱你！

终于人群中有人认出了这个叫白丁的男子。很快，大家都知道了事情的真相。

原来，这是一个书呆子气的画家，钻在艺术王国里，劳心劳神画了几十年，虽有着不凡的艺术修养，但总是画些不合时人口味的画。曲高和寡，一张画也卖不出去，这次为了筹办画展，竟典了家当，还卖了多次血，而他有病的妻子，为了不连累他，终于未等画展结束便出走了……

人们欷歔不已。为他对艺术的虔诚，对妻子的爱心，也为他的贫寒……

两周后，一张餐桌上围着一群人，设宴者正是那个穷画家白丁，赴宴者是他的一些师友。

“干！为白兄画展成功，名利双收干杯！”

“干！为白兄将要结束单身汉的日子干杯！”

“干！也为我们不笨的脑子干杯！”

大家嬉闹着。“你们演出的一幕好戏！”一旁的老者，一个画了一辈子，仍是默默无闻的老教师，复杂的目光，一一扫过他的这群弟子。

“我们只是给白兄策划点儿钱办婚事，画了这么多年，连几件像样的首饰，一套像样的家具也买不起，太冤了！”

“可是，你们毕竟策划了一个虚假的广告！”先生言辞切切，威而不怒。

“先生言重了，我们只是给这个喧嚣的时代出演了一个浮躁的玩笑而已。”

先生无语。

# 追寻彩云

〇孙春平

作为报社记者，我经常收到读者来信，提供新闻线索，反映社会问题，表扬好人好事。比如前些天，我就收到一封署名“郑长谦”的来信，说他是一名通勤职工，经常往返于北口市与七星镇之间。在列车上，他看到一位女列车员总是不声不响地打扫卫生，待一节车厢窗明几净地无纤尘了，她又去别的车厢忙碌，不见有一刻清闲。她已不再年轻，身体单薄消瘦，干起活来常是满头大汗。这种敬业精神常让旅客们发出由衷的赞叹。他特别提到了这样一件事，一位时髦女士钱包丢了，说钱包裹在塑料袋子里。就在女士慌急地四处寻找时，突见那位女列车员拿着一个票夹，女士扑过去，在将钱包抓在手里的同时，巴掌已打了出去，嘴里还骂，打死你这个贼！

郑在信中说：“我清晰地看到了留在女列车员脸上的五个指印，也看到了她眼中涌出的大滴泪水，可她只是说，我是将垃圾扫到车门口时才发现的，我正想找乘警帮助查找失主。那个时候，乘警和其他列车员已赶过来，奇怪的是嘴巴竟像贴了封条，谁也不说什么。倒是旅客们纷纷谴责时髦女士，女列车员也不辩解，只是抹了一把泪水，又去打扫卫生了。我注意了她的胸牌：北列135。”

我把信拿给编辑室主任看，建议原文照登。主任点头了，但要求我下稿前一定先做核实，小心造假新闻，避免负面影响。为此，我专程去了北口列车段。段里负责宣传的同志很热情，说声稍等，就拿着那封信急急地出去了。

足足等了半小时，宣传同志踅回，脸上却添了许多虚头巴脑的客套。他说，记者同志为树列车新风，还亲自跑来一趟，非常感谢。这事……我跟段领导沟通了，就不要见报了吧？

我问，怎么呢？

这个……那我就实话实说，这位同志嘛，已经退休一年多了。

会不会是退休后返聘？

不可能。铁路企业超编严重，精简还精简不过来呢。

退休的 135 号同志总还有个名字吧？名字能告诉我吧？

135 号……是谢彩云，但信里所说的情况绝对不会是她。

宣传同志的吞吐与虚浮，让我心生狐疑，越发坚定了我一定要追寻下去的决心。我很快在铁路小区里见到了谢彩云。这是个富富态态的中年妇女，果然如宣传同志所说，不像是她。郑信中形容 135 号用的词是“单薄而消瘦”，与眼前这位心宽体胖的谢女士正好形成一种鲜明的反差。

你是记者？你能让我报上有名电台有声吗？谢彩云爽朗活泼，我刚报了身份，她已用笑声引来了一圈人。

退休后，您还常回列车上吗？比如为旅客搞搞义务服务？

我吃饱了撑的呀？想学雷锋在哪儿学不了，还非得跑到火车上去整景儿？

您乘务时用的胸牌是 135 号吧？

哟，这个你也知道。不错，135，嘟咪嗦。

胸牌还在你手上吗？

留了一个。跑了一辈子车，总得留点念想。多余的，谁知随手扔到哪儿去了。

我的犟劲上来了，一定要找到那位 135 号乘务员，我预感也许能发现一个很有社会深度的故事。

按照信封上的地址，我在七星镇找到了郑长谦。这是个文质彬彬的知识分子，正在桥梁工地上指导施工。他说，等我下班后，咱们一块坐车回北口，让你眼见为实。

车上旅客不多，郑前后望了一阵，眉头就拧了起来，对我说，我再去别的车厢看看。她真的总是在忙，一刻也不肯歇的。

郑很快匆匆赶回，悄声对我说，她在6号车厢呢，只是不知为什么，今天她没打扫卫生，也和旅客一样坐着。我起身和他来到车厢连接处，郑示意我往里看，果然就见一位身着铁路员工服的瘦削女人，怀里抱着一个很过时的人造革手提袋，脸上满是忧郁与倦怠，但没佩戴胸牌。郑说，她对面就有闲座位，你不妨去和她聊聊？我犹豫地说，眼下这种情况，你去聊，也许更好些。

郑很快就回来了，竟受了传染似的脸上也带了忧戚。他对我说，她不说，问什么都摇头。我没办法，只好直截了当地问她今天为什么没去清扫车厢，她总算给了我一句话，说当班的列车员不让她扫，还说过几天再说。

我突然间意识到一个很尖锐也很残酷的事实：她根本不是列车员，她的衣装和胸牌不过是一种掩护，掩护她自已，更掩护另一些抱着铁饭碗却不肯出力流汗的人。保洁工上了火车，谁信？

车到北口，我跟在女人后面，在站前广场僻静一些的地方赶上她，将记者证递过去：大姐，耽误一点儿您的时间，我想和您谈谈。

谈什么？我是纺织厂的下岗女工，我在外面跑了一天，累了，不想说话，什么都不想说。大姐不客气地将我的记者证拨开。

您就谈谈对再就业的想法。比如，当您在列车上受到欺负时……

她的目光锥子似的冷冷盯向我：是你向他们领导反映的情况？你以为你发了善心在做善事是不是？可你知道不知道，我已经白跑了好几天车板，不然，我打扫一节车厢他们可以给我5元钱，车上的啤酒瓶子和空易拉罐也都归我去卖废品。可我现在有什么？两手空空，一无所有。家里有老人等着我拿钱回去买粮买菜，床上有病人等着我买药，孩子等我的钱交这个费那个费。为了活命，我就得找活干！这就是我的想法，够了吧？

大姐，我是好意，也许能给您一点儿帮助……

我不要帮助，不要，我自己能行，我宁可挨累受气。我只求求你们，再不要给我添堵添乱好不好？算我求你们了！

她疾步而去，很快消失在人流中。我站在那里发怔，拿不准我的采访是到此为止，还是应该继续下去……

# 接 站

〇乔 迁

从火车站到县城中心五里路，出租车要五元钱，而人力三轮车只要两元钱。虽然人力三轮车的车费要便宜许多，但却很少有人坐，想是出门回来的人都急切地想早一分钟到家，也便不图省那3元钱了。人力三轮车靠人来蹬，自然要比给油就走的出租车慢许多的。也虽然是一趟车过去最终也不见得拉上一个客人，但还是有不少的人力三轮车守侯在火车站前。每次也有那么几个人力三轮车拉上客人兴高采烈极其努力地向县城中心蹬去，但大多数还是失望地盼望着下一趟火车的到来。

每次出门回来，我都尽量坐人力三轮车回城里，不是为了省下3元钱，而是为了让蹬车人挣上两元钱。每一个风吹日晒的蹬车人黧黑的面孔都写满了生活的辛酸，这辛酸总是让我感动。从省城回来，车还没到站，我就打定了主意，还是坐人力三轮车，反正也没什么要紧的事情。出了站口，我躲开一个又一个迎上来问是否坐出租车的人，目标明确地快步向站前东侧的人力三轮车停靠点走去。停靠点排了一溜的人力三轮车，蹬车人看我走来，纷纷跑过来，挣抢着要拎我手中的包。我迅速地扫视一眼跑过来的蹬车人，都很年轻健壮，我拎紧了包，目光越过他们，一个看上去有六十多岁的蹬车人站在自己的车旁，呆呆地望着那些蹬车人抢我。我心下一动，冲围着的蹬车人摆摆手，快步向老蹬车人走去。

我跳上老蹬车人的车，老蹬车人没动，脸色意外惊喜又紧张地望着我。老蹬车人怕是做梦都想不到我会越过那些迎上前的蹬车人而跑过来坐他的车，闹愣怔了。我笑笑说："走吧！"老蹬车人缓过神来，欣喜又略微遗憾地跟我商量道："我能不能……再拉一个人？"望着他有些讨好的乞求的目光，我连忙说道："可以，可以，我不急。"老蹬车人的脚猛地点了一下地，我相信如果年轻他一定会跳起来。老蹬车人搓着两手，看得出是想对我说声谢谢的，可又张不开口，脸红红地冲我感激地笑笑，目光转向了出站口，紧张地眺望着寻找目标。

老蹬车人突然向出站口快步走去，他的举动引得刚刚因我跳上他的车而失望的其他蹬车人精神一振，纷纷离开车子向出站口涌去。我看到老蹬车人跑到一个刚从出站口出来的年轻人跟前，伸手就去拎年轻人的包。并回头指了指自己的三轮车，向年轻人说了句什么。对老蹬车人选中的这个目标我有些失望，倒不是不想同这个年轻人坐同一辆车，而是我感觉到这个穿戴板板正正的年轻人怎么可能坐人力三轮车呢！果真，我看到年轻人用力一挣，粗暴地挣脱了老蹬车人扯着包的手，快步向出租车停靠点走去。老蹬车人似乎不甘心，紧撵两步又去拽年轻人的包。年轻人使劲一抡，把老蹬车人抡得后退了两步，呆怔地看着年轻人钻进了一辆出租车。出租车开走了半天，老蹬车人才缓缓地走了回来。

回来的老蹬车人极度的失望和悲哀，默默无语地推起三轮车，跨上，向城里蹬去。我说："可以再找找的，也许还有坐三轮车的。"老蹬车人苦笑了一下，摇摇头，努力地向城里蹬着。我说："你选的目标不对，那样的年轻人怎么会坐三轮车呢？多掉价啊！"老蹬车人看看我，说："掉价？你也是年轻人，你不觉得掉价吗？"我不想让老蹬车人感觉我对他有施舍的成分，我说："掉价也没办法，我是穷人家的孩子呀！"

"他就不是穷人家的孩子了？装大！"老蹬车人突然悲愤地喊叫了一声。我看到老蹬车人的脸在喊过这一声后迅速地涨红，眼睛突然蒙上了一层泪花。老蹬车人伸手狠狠地抹了一下泪水，说道："孩子，叔今天白拉你，不要钱。你孩子心好，不像我家那个，坐我的三轮车觉得掉价，上高中念大学的钱不都是我一点点给他蹬出来的吗！”

我万分惊讶：“那个年轻人……”

“我儿子。我是来接他的，想不到……”老蹬车人气愤地说道。

我的眼前立刻出现了老蹬车人被儿子抢得后退了两步的情景，心里猛然发酸。我把手伸进兜里，悄悄地摸上一张5元钱，团在手心里，下车时我一定把这5元钱塞给他。

# 发 羊

○伍中正

这个春天刚开始的时候，就见村长土豆的羊在山上走动。

也是这个春天，县农委决定对旮旯村的农户授课，讲讲怎样养羊，来听课的发一只羊崽。

这事一决定，就把通知打到乡里。管农业的羊乡长就把通知打到旮旯村。

接通知的是村长土豆。土豆那天没看羊，在村部接了通知，土豆说行行行。事情就这么定了。

土豆对支书说，农委要来人授课，出几个养羊的点子。

支书说，怕没人来听。

土豆说，要没人来，农委的人不白来了？再说，羊乡长面前也不好交代。

支书想了想说，先打一通知，每人发一只羊崽，肯定有人来听课。

天一见亮，土豆就在广播里喊话。

旮旯村的农户知道了县农委的人要来，并且还能得到一只羊崽。这事还是土豆在广播里喊的。

土豆又走村串户，说是听听养羊的课，对大家都有好处。

土豆走得满身是汗。满身是汗的土豆心里还悬着什么，课一听完，到哪里去弄那些羊？

授课的地点在村部。

村里来了上百人。平日里，不来的人也来了。大人领着小娃，小娃缠着大人的手臂或腿，也挤在村部里。反正，那间不宽敞的屋挤得满满的。

土豆明白，很多人不是来听课的，是来领村里的羊的。

农委派来的老师就坐在主席台，也就是村支书坐的位置。

农委就派来一个老师讲课。

那个老师坐在主席台上开始讲课，捏着一张写着字的纸反反复复地讲。

台下的那些大人和娃也不打瞌睡认真地听。

土豆也坐在人群里，想着自己在山上吃草的羊。

土豆心里极不踏实。这堂课讲完，哪来的羊呢?

老师讲得非常到位，也为台下的热心听众打动。

忽然台下有人开口，讲了那么多，不如给我们一只羊。我还急着回家喂猪食咧。

老师说，来之前，我给你们办好了，能来听课的，农委决定给一只羊，不要大家出一分钱。

那羊咧?

那羊在哪里咧?

到底有没有羊?

台下乱哄哄的。

土豆心里悬着的石头终于落了地。

土豆站出来说，各位农户，农委派来的老师说话算话，羊肯定是有的。

早知没羊就不来了!

还说有羊领，还耽搁了我晒草咧!

土豆村长，不给只羊，你家里的那些羊，我是要牵一只的!

台下又有人吼。

土豆不知说什么才好。

送农委派来的老师时，土豆说，师傅呃，你可千万带些羊来呃，要不然要不然，我那些羊……

春天就在眼前过去了。

土豆家的羊，你一只我一只地赶，直到土豆家没了羊。

土豆老婆骂土豆，杂种的土豆背时的土豆剁脑壳的土豆，你也不能把那些羊让给别人呃。

土豆坐在门槛上也吼，我心里也苦着呃。我也指望着那些羊呃。

土豆不死心，跑到农委办问，那些羊的事是不是黄了？

农委办的人说，我们花了人力下到旮旯村讲课，就很客气了，并没有要送羊给旮旯村人的想法。

土豆一听，木木地站在门口，嘴里一句，回去怎么跟我那婆娘说呃？

那 年，土豆说通了婆娘。

那一年，土豆教大家养羊。

那年底，那些要了土豆家羊的人，都好好地养羊。头头养得膘肥肉满。

县委县政府说是要来开现场会，由农委办的人通知旮旯村。

接电话的仍是土豆。土豆一听是农委的，就说，就当旮旯村的羊死了，土豆也死了。然后就搁了电话。

搁下电话的土豆说，要是来了，旮旯村的人，明年，怕还少发一只羊呃。

# 蜗牛行动

〇谢志强

这天早晨，牛海亮教授背负着电脑去菜场买菜。过马路的时候，他碰到了一个三年前毕业的学生。学生恭敬地问候了牛教授，并提出要替他背电脑。学生以为牛教授去修电脑。

牛教授行色匆匆，说：我自己能行。

学生问：出了什么事了吗？

牛教授弓着腰，说：我去菜场买菜。

学生就笑了，说：买菜还要用电脑？

牛教授说：背着放心。

学生知道牛教授研究的领域是“全球气候变暖”的课题，课题的进展已引起国际学术界的关注。学生猜测，是不是地球要发生灾变了——牛教授仿佛换了一个人，往常很儒雅沉稳。这样，在学生的眼里，牛教授像是背负着一个方形的地球，因为所有的数据都储存在电脑里。

牛教授心不在焉，径直去了菜场。可是，学生怀疑牛教授这异常的举止隐蔽着一场可能发生的灾变——牛教授忧患意识特别强烈，只是，牛教授可能吃不准。

学生尾随牛教授进入了喧闹的菜场，当然，他也随便买了几样菜。出口的地方，学生像是无意中邂逅牛教授那样，说：牛教授，又见着了，我也买菜。

牛教授说：出门买菜，兼作散步。

学生再次提出替牛教授背电脑，说：牛教授，还是我来背，那么大，那么重。

牛教授说：这样好，这样好，也是锻炼体能的一种方式。

学生说：这是您的一项发明，背电脑?

牛教授苦笑笑说：没办法，我是担心被窃呀。

学生说：偷去的电脑不值钱，小偷还没进入高科技领域。

牛教授说：可是，万分之一的概率落在我的头上，我可要承担重大责任呢。

学生疑惑：有那么严重?

牛教授说：这些日子，学院接受验收，文明单位验收，其中一项指标是发生盗窃事件，一票否决文明单位，就是说，不得有小偷。

学生说：那就加强管理呀。

牛教授说：有一项不成文的规定，抓不住小偷，校方就追究被窃者的责任。

学生说：连您也成了这项指标的考核对象了?

牛教授说：小偷不读书，我替电脑担忧，只得背上，这样放心，否则我老是不放心。

这样，艾城这条繁华的街道，常常出现牛教授背负电脑的身影。起初，人们还揣摩，牛教授背着电脑，是不是随时准备逃之夭夭——他知道地球将发生什么变化，或说，艾城可能有灾变。不知哪儿传来信息，说是牛教授开发出一种最科学的健身方法——背电脑。甚至，据传，那台电脑输入了地球的信息，那么，牛教授就是背着象征着地球的电脑，等于牛教授背负地球。地球的磁力、引力打通了牛教授的血脉和经脉。

牛教授所在的学府顺利通过了最后的验收（前前后后持续了相当长的一段时间）。不过，牛教授仍背负着电脑，他感到这样挺好。而且，人们已习惯了他这样的形象。艾城这个街区甚至将此扩大为一个早锻炼的运动——“蜗牛行动”。人们背负着电脑，当然电脑里拷入了地球相关的数据。街区的“蜗牛”剧增，成了一种标志和时尚。这样挺好，人们都会操着牛教授的口气发出感慨。

街上的许多店面，突然推出了“蜗牛行动”软件，是牛教授的专利。广告语打出“权威的能量——老人增寿，青年壮体，少年益智”。早晨，艾城这个街区，“蜗牛”是一道壮观的风景，还有部分居民，其他时段也坚持背负电脑行走。光顾这个街区的人们，也纷纷携带电脑，因为凭着这个形象，能够融入街区社群。

这个街区的居民相当注重细节。牛教授的一举一动，都在他（她）们的效仿之中，似乎是背负的“地球”发出了信息，而人们作出及时反应。牛教授深知自己的行动的重要作用，他又恢复了儒雅的风度，唯一遗憾的是他不得不弓背弯腰。渐渐地，他倒习惯了这种姿态，似乎他面前总有一个值得他尊敬的人。他喜欢这个街区的节奏：缓慢、悠闲。后来，他获悉，他那位学生操纵了“蜗牛行动”，那学生不失时机地推出了“蜗牛行动”软件，一夜暴富。牛教授也收益可观。他无可奈何地背负电脑，看见遍地“蜗牛”，连他也料不到最初的忧虑已转换成了现在的时尚。他感到了自己的衰老。

# 盗

○曾　平

王幺六是老鹰嘴有名的盗贼。

千山万壑，茫茫林海中，老鹰嘴像一只巨鹰的利嘴伸向原始森林那边。嘴下悬崖峭壁，雾霭飘渺。老鹰嘴的山窝窝里，住着数十户人家。隔着虎跳峡，一道木桥架在万丈深渊上，供胆大的猎人去原始森林那边打猎。

王幺六不满足于老鹰嘴的名声，他很想把“活儿”做到县城州府去。师傅不同意，师傅说，要去，得过为师一关。

师傅把王幺六领到刘老根家。刘老根三个儿子，个个是虎背熊腰的好猎手。师傅在刘老根家墙下挖一小洞，说，进去，搞一样东西出来孝敬为师。王幺六猫一样钻进洞，正贴着墙观望。师傅已扯开嗓子吼，有强盗！抓强盗啊！刘老根和三个儿子呼啦啦全跳起来，抓猎枪，拿砍刀。墙下小洞，师傅已用铁篱笆堵住，哪里出得去？情急中，王幺六抓起刘老根灶台上的大沙锅，往头上一戴，径往小洞钻来。没等王幺六把大沙锅孝敬师傅，师傅已拍着他，说，你可以去山外闯天下了，你比为师强多了，当年你师公考我，我把人家的水瓢盖在脑袋上，在水缸中躲了半夜，哪有你这股虎劲。

正当王幺六踌躇满志准备去县城州府闯天下的时候，鬼子包围了老鹰嘴。一小队日本鬼子兵为抓捕一名游击队员奔跑得气急败坏。“叭！叭！

叭!”一长串清脆的枪声划破原始森林的静寂。鬼子把老鹰嘴的男女老少全赶到老黄桷树下。鬼子的机枪杀气腾腾，几条狼狗“汪！汪！汪!”地凶恶咆哮。

鬼子要老百姓交出游击队员。那人是在老鹰嘴消失的。

交不出游击队员就杀人。两条汉子已倒在鬼子的刺刀下，热血，正汩汩地冒。狼狗，“汪汪”地跳得正欢。

鬼子发话，交不出游击队员，太阳升起的时候，全部死了死了的。鬼子把老鹰嘴的男女老少关在一间土屋里。几条狼狗和两名扛着明晃晃刺刀的鬼子守着。那狼狗凶，只要稍有动静，就凶恶地冲过来，狂吠不止，生撕活咬。刘老根的大儿子不信邪，趁鬼子睡着，准备教训狼狗，捏紧拳头，刚刚跨出门，脚已被狼狗撕下一块肉，正要动手，另一条狼狗已咬破他的喉……

王幺六没被鬼子搜出，与他做盗贼的本事有关。夜深人静，王幺六穿上特制的破棉袄，上面满是老虎、豹子、熊、野猪的血腥。他摸到土屋时，两名日本兵抱着枪呼呼大睡，但那几条狼狗，正恶狠狠地吐着一串串的凶光。

王幺六趴下身，和狼狗一样，趴着，缓缓地，逼过去。狼狗早已发现这个庞然怪物，老虎、豹子、熊、野猪的血腥让见多识广敏感凶恶的狼狗惊恐万分。狼狗两眼闪耀凶光，逼视王幺六。王幺六的两眼也闪耀凶光，逼视狼狗。王幺六缓缓地逼过去，对视好一阵，狼狗竟扭过头，悄无声息地溜了。

百余人获救了。

只有到对面原始森林中躲一躲。就朝独木桥跑。

突然，王幺六说，我去去就来，就发疯似的跑回去。很快，枪声大作，鬼子发现中国人全跑了。

突然，有人醒悟了，惊诧诧地哭着吼，哎哟哟！王幺六这个挨刀的，肯定是溜回去偷东西啊！有人叫，哎哟哟！我家只有三块光洋啊！有人吼，哎哟哟！我家只有一担米啊！有人哭，老天爷！我家那升麦子，是麦种啊！都醒悟了，义愤填膺地骂，王幺六这个狗杂种，怎么到了这个时候还改不了吃屎的德性啊！

枪声越来越近，有人吼，鬼子追上来了，快烧桥！有人说，王幺六还没来啊！有人骂，他狗日的会来？正偷得欢呢！吃了鬼子的枪子，活球该。

火很快燃起来，木桥燃成熊熊的大火。熊熊的火光中，累得精疲力竭喘气如牛的王幺六背着几支猎枪跑来了。到原始森林去，没几支猎枪护着，怎行？

可惜迟了。木桥已断，鬼子端着明晃晃的刺刀逼过来了。

# 扶贫考察

〇陈　敏

国际扶贫救济委员会决定，近日委派加拿大代表马克前来杨屋镇进行投资考察。接到上级通知后一连几日，镇政府上下各部门议论纷纷，忙作一团。礼拜五下午六时左右，一辆黑色小轿车悄然驶进镇政府大院内。车里走出一位身材高大的金发外国人。

“马克，马克来了？不是还没有接到省上的具体安排吗?”一位负责人抱怨道。另一位负责人接着说：“急什么，明天是礼拜六，让马克休息一天，后天再安排他的行程，这样不就可以了?”他们一边议论一边迎接马克。马克微笑着用流利的汉语向前来迎接他的人问好，并接着说：“我们明日去考察点，请给我们找个领路人，不知是否可以?”“可以，可以，当然可以，不只去一个，我们要去好多人呢。”一位负责人连连点头道。这次的考察点是本镇辖区峪口乡，乡里有几百户人家祖祖辈辈接雨水吃过日子。孩子们从小就必须学会不喝水。近年来，在地质勘探人员的帮助下，村民探出了水源。由于人居住的地势高，为符合卫生标准，供水系统必须设在较高的位置。可是要在较高的位置开发水源又需耗费好多资金。马克是专为此事来访的。

第二天早上，天淅淅沥沥下起雨来了，可马克还是在七点二十准时到了停车场，而昨天还在焦急盼望的镇政府人员除了一位被指定为临时带路人的记者外，未见一个人影。七点半，马克命令上路。

马克的车停在路边的一个村旁，他顺便查看了几家农舍。在上车的时候，马克惊奇地发现在他的车后竟有一条长长的车队。“怎么来了这么多人，难道我需要保护吗？”马克感到疑惑。

11 点左右，他们到了峪口。雨下得正大。镇政府人员派人去农民家收雨伞。马克走下车，冒着雨，踏着泥泞，在一位村长的带领下上了山。镇政府的人正在乡政府躲雨。坡陡路滑。五十多岁的马克像只羚羊，健步如飞，走得极快，村长拼命追赶也追不上。后来村长累得上气不接下气，便要求马克停下，并随意指着过去曾埋过水泥电杆的一片空地说那就是水源开发点。马克转回来，带着怀疑的目光问道：“你确信水源就设在这里？”“是的，就在这里。”村长喘着粗气答道。“我以为水源应该在更高的地方，这么低的地方，符合卫生标准吗？”马克问道。“可以吧，还算可以。”村长支支吾吾道。马克仔细查看了一番，就下了山。他还走访了几家村民，看着各家各户屋檐下摆着长长的接水罐子，马克的脸很沉，他默默地向附近的一所学校走去。

学校里没有学生，一位乡村女子在接雨水洗衣服，经询问知道她是村校的一位音乐教师，马克问她是否会弹钢琴，她摇头说不会。

考察结束了，乡政府的总结会桌前坐满了长长的扶贫款项申请队。乡团委的、乡妇联的、乡支部的、乡教育组的……他们都有困难，都需要帮助。其中一位男妇联干部站起来说：“我们需要一笔钱培训 300 名接生员。”马克估计了一下说：“按照 300 名接生员算下来，你们每人至少要生 30 多个孩子，不知道这是否符合你们国家的计划生育政策？”另一位乡教组的站起来说：“我们需要 5 架钢琴，48 个篮球架。”还有一位乡支部的说：“我们需要两部车，一部小车用来迎接外宾，一部货车用来接运物资。”

马克一一听完了他们的汇报。他总结道：“我们不给你们钢琴，不给你们篮球架，不给你们车，按照原来拨给你们解决供水困难的 47 万总额，现在算下来只需要给你们28万，因为实际水源的位置并不是你们所说的那么高，不需要那么多基金。”话音刚落，人们议论纷纷，那位带路的村长急忙喊道：“不对，实际上水源并不在那个地方，水源离我指给你的地方还有两公里的距离哩。”马克没有听清那位村长在嚷嚷什么。

车队飞快地回到饭店，饭店餐厅里已准备好了十几桌酒席。镇政府的人个个喊叫累坏了，餐厅里弥漫着一片哈欠声。马克又一次惊奇地发现了陪着他吃饭的众多人群。他恭恭敬敬地站起来说：“今天大家比我更辛苦，这次考察本属于我的个人工作，没想到却得到了这么多人的陪同，这已经使我深感不安了，现在你们这么多人又来陪我吃饭，我更觉得过意不去。为了不耽误大家的宝贵时间，你们还是各自回家吧，饭我自己可以吃。”听了此番话后，桌旁站着的人们索性都坐了下来。人们似乎并没有在意马克在客气些什么。马克用完餐就离开了，而马克用餐的陪同者都在卡拉OK的歌舞声中一直欢宴到深夜。

# 冬　至

〇周海亮

想不到，黄掌柜竟敢回到黄家大宅。

他是一个月前逃走的。夜里，黄掌柜带着家眷，逃得无影无踪。几天后，鬼子打过来，一遍遍烧抢杀，把黄土镇细细地筛。

黄掌柜是开药铺的。他只给鬼子留下一个空空的宅院。现在这个宅院，驻着十五个鬼子。

远远地，黄掌柜走来，朝看门的鬼子兵作一个揖。鬼子兵举枪向他瞄准，黄掌柜不睬，继续作揖。

他被带到鬼子官龟田面前。龟田说，你家人呢？黄掌柜说，遇匪，人财皆亡。龟田，说这里的人都跑了，你怎么还敢回来？黄掌柜说，天大地大，仅此是我家。龟田就笑了。他说你没有家了。也好，正缺个做饭的。

五十多岁的黄掌柜脱掉长衫，给鬼子做饭。鬼子猴精，顿顿饭，盘盘菜，个个馍，碗碗水，都要黄掌柜先来两口。一会儿，没事了，鬼子才肯放心吃。

黄家大宅靠着公路。每天，来一辆鬼子车，下来一拨人，在黄家大宅歇歇脚，吃顿饭，擦擦枪，呜哩哇啦一阵儿，再上鬼子车，冒一溜烟，走了；刚走，又来第二辆鬼子车。

黄家大宅成了鬼子的临时补给站。

黄掌柜只等冬至。

冬至前一天，下了雪。暴雪。百年不遇。雪掩了公路。公路多坡，多弯，奇窄，奇险。那天鬼子车没来。黄家大宅，只有十五个鬼子。

夜里，游击队偷袭了黄家大宅。只有五个人，三杆老汉阳步枪，三个木柄手榴弹。游击队打死站岗的鬼子兵，冲进大宅。可是他们很快被围，被鬼子像靶子一样瞄着打。

五个人，只逃出去一个。院角多出一个梯子。他攀梯上墙，跳进黑暗。鬼子追出去，人已不见了。

鬼子兵拉出黄掌柜。黄掌柜安静地看着龟田，腮帮子一动一动。

龟田说，你准备的梯子？

黄掌柜说，是。

龟田说，你和游击队串通好了？

黄掌柜说，是。

龟田说，我们可有言在先。

黄掌柜说，是。

龟田说，我们开始？

黄掌柜说，好。

龟田挥挥手，叫来一个鬼子兵。龟田说，挖出他的心肝。

鬼子兵提一把刺刀，逼向黄掌柜。

龟田说，挖！

四个鬼子兵按住黄掌柜，一个鬼子兵弯腰，扒开黄掌柜的衣服。鬼子兵将刺刀轻轻一拉，黄掌柜赤裸的肚子上，就翻开一条滚着血珠的白色口子。血很快涌出，染红鬼子兵的手。鬼子兵扔掉刺刀，一双手捅进黄掌柜的肚子，仔细地摸捏。黄掌柜高声嘶喊，我操你祖宗！声音凄厉凄惨。鬼子兵凝神，猛然拔出双手，那手里，蓦然多出一只血淋淋的人心，一只血淋淋的人肝！

鬼子兵把心肝递给龟田。那肝冒着丝丝白气，那心还微微地跳。龟田接过，看了，说，去炒了。老规矩，都要吃。

第二天，鬼子车开到黄家大宅的时候，那里只有二十具尸体。十五个鬼子，四个游击队员，一个黄掌柜。

……

鬼子投降后，黄家大宅被拆。拆墙时，有人从一块青砖后面，扒出一张发黄发脆的纸片。

纸上写一方子。镇上的老人说，这是黄掌柜的笔迹。

懂医的人看了，大惊失色。说，照此方配制，便是天下奇毒。服食后，毒很快渗入心肝并存留于此。此毒只需一点点，便可置人死地。天下无解。

方子下面，只有两字：冬至！

# 教授与流氓

○杨崇德

大约是晚上9点，教授才结束了那场感人肺腑的演讲。教授依依不舍地夹起公文夹离开了会场，然后回味无穷地走进那条通往家舍的幽暗古道。

教授对今晚的演讲效果很满意，这不仅仅是由于有社会各阶层三千多人到场聆听，还因为他第一次从物质和意识关系的哲学角度，给广大市民阐述了加强社会治安综合治理的重要性和紧迫性，特别是那阵阵掌声，使他感到身为一名哲学教授的崇高和伟大。教授埋着头盛着满脑子的掌声往前走。

“砰！”教授不由得摸着头抬头看个究竟，透过镜片，他看到了眼前站立的是四个留长发的青年，其中一个也摸着头。教授虽然百分之百地知道这是暗光下的一种巧合，但他马上说道：“对不起！”

“对不起？就一个对不起了事？”摸头的那个青年反问道。

“老头，今晚你是想物资物资，还是想意思意思？”另一个青年立刻补充着。

“哎呀，我刚才讲了一个半小时的物质和意识，你们不去听，偏偏在这里向我请教。小伙子，回去吧，明晚我在东区礼堂还有一场同样的演讲呢，你们按时去吧。”教授企图撇开他们往前走。

“站住！”有个青年命令着。

教授转过身，不耐烦地说：“年轻人，还有啥事？”

“啥事？告诉你吧，你要么物质一下，要么意思一下，否则，咱哥们跟你没完！”又有一个青年在叫。

“这个问题很复杂，首先，要弄清什么叫物质，什么叫意识。”教授双手捧着公文夹解释道。

“少废话，这些我们都懂！”一个青年答道。

“既然这一步你们都懂了，那么你们知道物质和意识哪一个第一，哪一个第二呢？”教授开始发问了。

“当然是意思一下更好，省时又省力。”一个青年马上应道。

“嗨，小伙子，你们都搞哪里去了？意识怎么能第一呢？这是学哲学所要弄懂的关键问题。”教授似乎有点生气。

“老头，什么哲学再学，说明白点儿，物质一下，就是你给我这位受伤的大哥买点营养品；意思一下呢，就是你补点营养费！”一个青年很严肃地说。

“至少三担水，说白了就是给300块钱！”

“啊！你们是拜金主义者？”教授惊叫道。

“不错，快点儿！不然就别怪我们几个哥们不客气！”其中一个青年已经亮出白晃晃的刀了。

“你们到底要干什么？”教授可以说是在明知故问。

“给钱哪！”

“给什么钱？”

“你撞痛了我这位兄弟。”

“这难道能怪我吗？这是量变到质变的发展规律。他朝我走过来，我朝他走过去，随着脚步的拉近，也就是量变的慢慢积累，才终于发生了你撞我、我撞你的碰头质变。况且，按物理学作用力与反作用力原理，我撞痛了他，他一定也撞痛了我。”教授像上课一样对他们解释道。

四个青年有点无话可说了。片刻，一个青年说了声“上”，另外两个青年就举刀对准了教授的左右脸。

“从量变到质变，这是事物发展的普遍规律，难道你们还不懂？告诉你们，你们的刀子只要一插进我的脖子，你们就发生了沦为杀人犯的质变。如果把杀人行为再看成一种量变，那么它又会发生其他性质的质变。”教授带着分析的口气阐述道。

“发生什么？”一青年好奇地问。

“第一，你们杀了我，我就是为哲学事业而献身，况且，我还有很多哲学问题要去请教马克思，这是我几年后必定要走的路。晚走不如早走。第二，你们杀了我，你们就成了杀人犯，成了杀人犯，就要判死刑，判了死刑，你们的父母就丧了子，父母丧了子，就会过度悲伤，一悲伤，如果是高血压患者就有可能当场死亡，没有病的也会得心痛，活不长久的。第三，你们年纪还小，最多不过二十五吧？按中国平均死亡年龄七十五计算，还有五十年。俗话说，一寸光阴一寸金。你们想想，一年值多少光阴？一寸金又值多少人民币？那么五十年共计多少人民币？只要你们杀了我，就成了杀人犯，就成了死刑犯，也就是说，这五十年所折合的人民币将离你们而去。第四……”教授仍在忘情地伴随着忽高忽低的手势作演讲般的论述。

显然，教授已完全沉浸在他的演讲意境中。

10 分钟后，教授才发现四周空无一人。顿时，教授的心凉了大半截。教授破天荒地骂出心中沉积已久的不文明的语言：“××××，这种哲学性分析都不愿听，真没出息！”

# 择医费

〇徐均生

高校长那晚可能是吃海鲜吃坏了，整个晚上又吐又拉，折腾了大半夜，实在坚持不住了，便大清早上医院看病。

到了医院，高校长发现门诊看病的人很多，于是对导医护士说：“我是六中校长，能不能早点安排我看病?”

导医护士爽快地答应：“你是校长当然可以啊!”

高校长就跟着导医护士往门厅里走，来到一间导医室，导医护士请高校长坐下。

高校长不解：“我是来看病的，你把我直接带到医生那里去吧。”

导医护士说：“高校长，我有几个问题想问问你，你回答好了，才能带你去看医生。”

高校长捂着肚子有些痛苦地说：“你快问吧，我实在难受。”

导医护士问：“请问高校长，您准备选择哪个医生给您看？我们这里有主任医生、副主任医师，还有主治医师、住院医师，还有实习医师。”

高校长当即表示：“当然是选主任医师啊!”

导医护士又问：“请问高校长，您是肚子不舒服是吧?”

高校长的脸色很苍白，有气无力地点点头：“吃海鲜吃坏了肚子。”

导医护士一本正经地说：“你是吃海鲜吃坏身体的，也就是说是拉肚子，这种病在我们医院里只能打356分。”

“什么？你说什么？”高校长吃惊地叫起来。

导医护士解释说：“是这样的，高校长，我们医院对所有病症进行分类打分，比如，最重的病症就打1000分。”

高校长痛苦地请求道：“护士小姐，你别给我打分了，你快带我去看医生吧。”

导医护士认真严肃地说：“那不行！哪一种病症打多少分，就要归哪一类的医师看病，否则会乱套的。比如，你是拉肚子，只能找实习医生给你看。”

高校长断然拒绝：“那不行，我一定要找主任医师看！”

导医护士说：“你要找主任医师看也可以，这样，你成了择医病人，就得付择医费。”

“择医费？”高校长睁大眼睛，不解。

“对。”导医护士说，“刚才我已经说过了，你的病症分数只能打356分，如果你要找主任医师看，你得花钱买310分。”

高校长听得云里雾里一般。

导医护士说：“是这样的，请主任医师看病最低的分数必须是666分，如果不到这个分数，你就得买分。”

“多少钱一分？”高校长无奈地问。

“起步价1000元，每增加一分，就按10元一分购买。对了，你如果要找主任医师看病，你得先付4140元的择医费。”导医护士接着说，“不对，你还得付跨越择医费。你跨越了住院医师、主治医师和副主任医师，每跨越一级，你就得付1000元的跨越费。高校长你听明白了没有？”

高校长捂着肚子脸色发青了，无可奈何地说：“我付，我付！”

这时候，院长过来了，高校长遇到了救星似的，连忙投诉。

院长听了高校长的投诉后，说：“高校长，请别见怪，导医护士的儿子中考考你们学校，跟正取分数相差6分，多了择校分数10分，结果要付

25000 元的择校费。刚才她是跟你闹着玩的，请你原谅。”

高校长非常尴尬，脸色白一阵红一阵的，勉强朝导医护士笑笑，就跟院长去看病了。

# 胶 布

〇饶建中

今天早读，班主任带进了一位新来的女同学：“她叫陈小玲，原先在市里念书，因父亲调动工作才转到我校。”老师看她个子高，唯独我边上有个空位子，就把她安在我旁边。唉，上午四节课别扭死了，两只手不能像原先那样撒开，两条腿也要平行收拢，特别是她写作业时，手还超过了桌子的二分之一，这不是得寸进尺、欺负人吗？不行！我得先下手为强，在桌子上弄出一条明显的分界线，互不侵犯。拿什么弄呢？用粉笔？保持时间不长；用刀刻？损坏了桌子。我的眼睛落在窗子中那块用胶布粘在一个角的玻璃上。有了！用白胶布，剪成细长的一条，既显眼又牢固。

当我把胶布贴在桌子中间后，陈小玲问我：“这是干什么？”

我没好气地说：“井水不犯河水！”

我见她眨了眨眼睛，然后微微一笑，便不再做声了。

第一节政治课，老师大概是讲团结呀友爱呀什么的。我根本没听几句，注意她的手是否“越位”了。不错，还是胶布的威力大，整整四十五分钟，她不但没过线，而且还往那边挪过去了一点儿。

第二节体育课是组与组篮球比赛。我们二组和三组先赛。我是篮球迷，个子高，投球又比较准，不到十分钟，二组以10∶2领先，我一个就投进了四个球。我一下子成了他们防备的重点，他们用两人看住我。正在我起跳投篮时，对方一手扑来，不小心划掉我右手中指一块皮，我顿时感到一阵疼痛。组长要我换下来去医务所包扎一下，我想到组里荣誉，还是强忍住。球和肉直接接触，痛得我差点叫出声来……

终于挨到上半场结束，同学们围过来问长问短。我忽然发现陈小玲同学急匆匆地跑来，气喘喘地对我说："给你胶……胶布！刚才从……医务所拿来的，先暂时贴上吧，免得接球时痛。"

啊！胶布，她帮我拿胶布来了，而我第一节课却用胶布……我简直不相信，站在面前手里拿胶布的会是陈小玲。

我十分尴尬地接过胶布，不知说什么好，半天才从牙缝里挤出几个字："谢谢你，我……"

她笑了笑，爽快地说："不用谢。我们是同学，还是同桌同学。互相关心，互相爱护，是我应该做的。"

同桌？互相？爱护？我猛然想起桌上那该死的胶布，撒开腿就朝教室跑去……

# 状元坟

○相裕亭

盐区没出过状元，却有状元坟，而且不止一座。奇了吧？难道盐区这地方还是什么风水宝地不成？

《盐区志》记载，当年，大盐商杨鸿泰的小儿子杨世保，自幼习武，力大无穷。12岁时，能扳开牯牛顶角；17岁中秀才，21岁在江宁府坐上武举人的头把交椅。

俗话说："文无第一，武没第二。"天下文人，谁敢说自己的文章写得好？可这武字行里，不讲文人的那些酸文臭理，比的是硬拳头，真功夫！是骡子是马，拉出来遛遛。三拳两脚，三五回合，自然就见分晓了。谁的力气大，功夫深，拳头硬，谁就是英雄，谁就披红戴花，站在高处，迎来喝彩；谁被打趴下了，谁就是草包、熊包，没能耐，靠一边凉快去。

杨鸿泰的小儿子杨世保，得了武举人的殊荣，再次回到盐区来。整个盐区都沸腾了！那还了得，武举人，偌大的江宁地盘上数第一。荣耀，自豪，整个盐区人，都跟着长了脸面。

功夫不负有心人。三年后，天下武举进京会试，杨世保一路棍棒刀枪比下来，场场都拿了"头彩"。最后一关，皇上亲临现场——点状元。

那场面，惊心动魄，别出心裁。

待选的武状元，和官方签过"生死状"后，与一只几天都没进食的猛虎，一同关进一个四面可以围观的池子里，展开生死搏斗！能与老虎斗智、斗勇，并以你的高强武艺，将老虎制伏，或当场打死老虎，你就是当之无愧的武状元。如果，你在那场人虎斗中，伤筋断骨，或葬身虎口，朝廷发给你和你的家人一笔丰厚的抚恤金，也就无“状元”可谈了。

这正是“武没第二”的残酷所在。

杨世保自小儿生长在盐区，从未见过野性十足的豺狼虎豹。点状元的那场人虎斗中，他只凭着一身胆气和过硬的武功与老虎硬拼。结果一个闪身没有把握好，反而被凶残的老虎双掌扑倒……

次日，“八百里加急”送至盐区——传杨家人进京领尸。

顷刻间，杨家大院一片号啕。一直在家静候佳音的杨老太爷，没料到等来的却是儿子葬身虎口的噩耗。大悲之后，杨老太爷决定厚葬这个曾经为杨家带来荣耀的小儿子。

那段时间，正是杨家事业旺盛时期。黄海边，上百里海岸线上，都有他们杨家的盐田、盐场，可谓富甲一方。再加上儿子为点状元而死，官府发给一笔数目不小的抚恤金。杨老太爷在进京运尸时，安排家丁，在沿海一溜儿挖下多处墓穴，以防厚葬后，遭盗墓贼挖掘。

数日后，杨老太爷将儿子的尸骨搬出京城，前后抬出七七四十九口规格、颜色一样的厚木棺材。沿途依次安葬时，动用骡马运土，堆至山包一般。而且，七七四十九个坟包，全都一模一样。具体哪一座坟包中葬着“武状元”的尸骨，只有杨老太爷一个人知道。

遗憾的是，杨老太爷指挥人葬完七七四十九个坟包后，因过度劳累和悲伤，回到盐区，没等说出坟包的真相便暴病而死。

至今，谁也不知道当年的“武状元”到底葬在何处。盐区虽有好几座坟都称状元坟，但十之八九，里面都是空的。

# 偷酒

○曾　颖

阿梅第一次偷酒的时候没有觉得自己是在偷，她只是觉得自己是将那些即将被倒进泔水桶的好酒进行了一次拯救。这些几百元一瓶的酒如果随着泔水一起倒进猪圈里，不仅是太糟践东西，而且对猪的健康也不利。

这个想法是阿梅进餐馆当服务生的第一天就有的，但真正下定决心要将桌上酒杯里残剩下来的酒收集拢，然后装入自己随身带来的小酒壶，并最终别在腰上带回宿舍，却是半个月之后的事。在这十五天中，阿梅仔细观察了，酒楼对酒杯和酒瓶中的剩酒，大多是信手倒进泔水盆里的。如果瓶中剩的酒还多的话，领班会把酒连瓶一起收起来，晚饭时拿到后面厨房里和大师傅们一起分享。

阿梅不会喝酒，但当她知道经她手中倒掉的那一小杯晶莹的液体，每一杯的价值都相当于她一到两天的工钱时，她就开始有点儿下不去手了。她觉得让这一杯散发着芬芳气息的醇醇液体混入污浊油腻的鸡骨头鱼脑壳之中，确实是一种罪过。更重要的是，她的眼前，还闪过她父亲那双浑浊的眼睛。父亲一生嗜酒，长年喝的都是1元多钱一斤的烧酒。他的酒杯中，永远都没有香味儿，只有些刺鼻冲人的烧锅气息，而且，越喝眼睛越浊，直到这两年，干脆就看不清东西了。

阿梅记得自己在很小的时候，就听父亲无限神往地说到过一些酒的名字，五粮液、茅台、剑南春、汾酒。像一个从未娶过老婆的光棍讲仙女的故事那样口水滴答，无限倾慕。那时，阿梅就稚声稚气地说过：等我长大了，挣到钱，一定买给你喝！

阿梅长大了，但挣不到钱。好不容易到这家餐馆来打工，一个月的工资，不吃不喝也买不到一瓶酒。

“买不起咱就不买，几十年没喝过好酒也没死啊！”父亲总是这样劝她。她也觉得父亲说的话没错。至少，在她眼见着各种好酒倒进泔水桶之前，她觉得这话没错。

但是，当她看着眼前那些衣着光鲜、面放油光的人像开矿泉水一样开着各种各样她这辈子都买不起的名酒时，她就觉得有点儿憋气。特别是那些人像灌药一样相互捏着耳朵、掐着脖子、说着半真半假的气话，激对方多喝一点儿，并撒得满身满地都是酒气的时候，阿梅就觉得很心痛。她甚至很怪异地在心里算账：撒进脖子的，20 元；倒在地上的，20 元；剩在杯里的，40 元；吐进茶杯的，10 元。

算着算着，她竟有一种想哭的感觉。她觉得，自己如果不把这些酒装回瓶里，简直是一种罪过。

之后，她便在自己管辖的雅间里收酒。她给自己定了个规矩，只收残酒，不拿瓶中的酒，免得领班和厨师没酒喝而发现。

即便这样，她的收获也不小，在短短一个月时间里，她就收集了满满四大瓶，约有二十几斤酒，分类装在宿舍床下的大瓶子中。这些酒，在领班的一次例行查房中被搜了出来。按酒店管理条例，阿梅偷酒，开除并扣罚全部工资。

酒被抬走了，据说倒进了厕所。阿梅背着行李，落寞地离开了酒店。出门时，一个平时常对她傻笑的服务生悄悄塞给她一个瓶子，里面装着刚才销毁酒时偷偷接下来的一瓶，他说，里面茅台五粮液和剑南春都有，是一瓶极品名酒。

泪光中，阿梅为半个月之后父亲 60 大寿时能一口喝到这辈子一直梦想喝到的几种好酒而轻轻地长叹了一口气。

# 肢　解

○尹利华

我在写小说。

我的小说主人公可以是A，也可以是B，姓名对他来说并不重要。

时间是凌晨三点，我们的主人公正在厨房里用一把锋利的菜刀分割一个物体。厨房光线很暗，所以连我也不知道他正在切什么。

我能告诉你的就是，他是一个独居多年的老鳏夫。称他为老鳏夫似乎不太确切，他的老婆多年前已经失踪，但他还有一个儿子，遗憾的是他的儿子并不孝顺。虽然他一直不想让人知道自己有这么一个不孝顺的儿子，作为作者，我觉得有必要对于这老鳏夫的不幸向读者交代一句。

自从他老婆莫名失踪之后，每天凌晨3点他就会准时醒来，闭着眼睛，轻车熟路走到厨房，摸出一把菜刀，在幽暗的光线下，刀锋一闪一闪劈向一个方向。

看到这里，对照题目，也许有些读者已经进行了如下猜想：多年前，这个老鳏夫的老婆丧命于他的菜刀下，而这个老鳏夫由于受到良心谴责，留下后遗症，在无意识中不断地扮演凶手的角色，日复一日，年复一年。

如果你真要这么想，那就低估了作者——我的智商。如果只有这样一个普通人都可以想到的结局，谁也不会认为这是一件成功的作品。

我建议你还是接着往下看，让这个老鳏夫的行动来告诉你答案。因为说实话，到目前为止，我也不清楚这篇小说能否出现更让我惊讶的结局，一切有待于这个老鳏夫的表现。

这时候，一座老式的西洋钟上场了，它懒洋洋地扭动着腰间垂着的那个仿佛某种男性器官一般的锤子，不紧不慢地敲响了四下，钟声入耳，老鳏夫如梦初醒般，丢下菜刀，跪在地板上。假如这时候有月光照进来，你一定和我一样可以看到这个老鳏夫苍白的脸上布满了汗珠，并且聪明的我们可以根据他脸上的惊悸来判断他内心一定是正波涛汹涌。可惜的是，老鳏夫独自一人住在一所空荡荡的大房子里，钢筋水泥密不透风，月光自然照不进来。

等到西洋钟敲响第五下的时候，老鳏夫终于缓缓地从地板上起身，动作呆滞地回到卧室，直挺挺地往床上一躺，一会儿就入睡了，直到天亮。

午饭刚过，老鳏夫心情不错，因为他刚从街上赢了几局象棋归来。但一个人的出现赶跑了老鳏夫的好心情，这个人就是我在开头提到过的他那不孝的儿子。在这里，我再次向读者强调“不孝”这两个字，因为这两个字是推动儿子来到这里的动力。

他的儿子说自己要干一番事业，因此需要老头子的钞票作为支持，并且提出了一个让老鳏夫几乎气晕过去的建议：卖了这所住宅。

悲怒交加的老鳏夫用一把残旧不堪的扫帚把儿子赶出大门。临走，儿子潇洒地甩甩头发，咬牙切齿地对老鳏夫说：等着吧，老家伙，我要把你送进精神病医院！这大院就是我的，我想怎么卖就怎么卖！

果然，到下午的时候，精神病医院的救护车拖着几个医生过来了。医生们开始请老鳏夫上车。老鳏夫拒绝了，并再三说自己没有精神病。可大夫们说要用事实说话，到医院检查检查就明白了，接着不由分说把老鳏夫架起来，塞进了车内。

事情发展到这里，是不是作为读者的你要纳闷了：这与你的题目《肢解》有啥关系吗？分明严重跑题。让一个中学老师当作文来批改的话，等级注定是不及格。

其实，我也着急。由于老鳏夫和他儿子的表演不是很精彩，我的思绪已经呈现肢解状态。不过，咱们还是继续往下看看已经到了精神病医院的老鳏夫和他儿子吧。

在医院里，老鳏夫继续申辩自己精神正常。儿子狡诈一笑：正不正常，在这里待一夜就知道了。最后，儿子说了一句也许是他自出生以来最具有哲学意味的话：得了精神病不可怕，可怕的是缺乏承认的勇气。

就这样，老鳏夫被迫在精神病医院里住了一晚上。一开始，老鳏夫看到儿子手中拿着一把雪亮的菜刀，就明白了这是一个圈套，所以他拒绝入睡，可最终他的意志敌不过身体的疲倦，撑到凌晨一点多，他还是睡着了。

儿子很兴奋，早早找了两个专业摄像的人等在一边，准备把老鳏夫精神病发作时的“症状”录下来，以作证据。

……凌晨两点……三点……四点……

直到凌晨五点，老鳏夫依然熟睡，鼾声震天。两个负责拍摄的不耐烦了，负责观察鉴定的精神病医生也不耐烦了，儿子更是急得一个劲儿地在老鳏夫身边嘟囔着：爹，我的亲爹，我求求你了，你就起来拿刀砍一番吧，时间到了啊，起来拿刀吧……

其中一个精神病医生看苗头不对，仗着多年对精神病的独到研究，他拉过老鳏夫的儿子，仔细询问：老头子在拿刀之前，有没有什么可疑的地方？

可疑的地方？对了，儿子一拍后脑勺，恍然大悟，急忙问：有没有一个老式的西洋钟？

精神病医院里果然物藏丰富，很快就找到了西洋钟。咱们不管这个钟大小型号如何，为了方便叙述，请允许我在这里假设这个西洋钟和老鳏夫家里的那个西洋钟是同一年同一个厂里生产的，并且声音听来几乎没有什么两样。

儿子看到这个钟后，欣喜若狂，立刻把时间重新调到四点，钟摆摆动，发出四声清脆的钟声。钟声响后，只见沉睡中的老鳏夫立刻睁开眼睛，猛地站起身来，把大家吓了一跳。当然，我说的这个“大家”，其中也包括我。

儿子急忙摆了一个手势，示意大家不用担心，并低声说：老头子瞪眼瞎，看不到人，不用担心，并努努嘴，示意负责拍摄的开工。

只见老鳏夫睁着眼，朝前方走去，到了一个房间，四处找东西。脸上现出焦虑的神色。

儿子连忙把手中的刀放在老鳏夫前面。

老鳏夫摸刀在手，立时犹如神助一般，对着虚空连劈数刀，虎虎生威，一边劈，一边念念有词：左三刀啊去脑袋，右三刀啊切胸膛，上三刀啊劈大腿，下三刀啊出小肠……

看到这里，你感觉到了恐怖吗？反正所有在场的目睹者——除了习以为常的儿子，都被吓呆了。当然，我也是被老鳏夫的行为吓出了一身冷汗。

一个精神病医生紧张地问，这是怎么回事？

儿子悄悄地对他说：老头子在杀猪呢。我小的时候，家里的钟声一敲到四下，老头子就得起床，宰猪砍肉，现在老了，不杀猪了，可几十年的习惯，还是改不了。

精神病医生同情地看了老鳏夫一眼说，那可真够辛苦的……现在，还定他精神病不？

定，怎么不定呢？不定的话，我又找人拍摄，又给你们红包，我图的啥啊我？儿子气愤地说。

——这个，就是小说的结尾，不管你对这个结尾是否满意，可是，这确实是小说的结尾，并且是唯一的结尾。

# 青 桃

〇刘　柳

小孩跟母亲去买菜，一个小摊上堆满了桃子。小孩见了，站住了，并拉拉母亲的衣角，要母亲买。母亲瞥了一眼，瘦瘦小小的桃子，青青的，只是桃尖上有点红。母亲便撇撇嘴，拉起小孩的手要走，还说："这桃子还是青的，吃不得。"

小孩不依，弓起身子，往后退，赖着说："我要吃桃子，妈妈，买桃子给我吃。"

母亲不耐烦了，大起声来："跟你说了，那桃子小，不好吃。"说着，便捉住孩子的手腕，硬是拉着孩子走开了。

小孩委屈了，嘟着小嘴，边走边回头，盯着桃子看，嚷着："我要吃桃子，我要吃桃子。"

母亲一直拖着孩子往前走，没听见似的。

回到家，小孩还在嚷："我要吃桃子，妈妈，买桃子给我吃。"

母亲生气了，凶道："不要再吵，再吵，我打你。"

小孩不敢叫了，瞪着大眼睛，鼻子一吸一吸的。

此后的几天里，小孩一直对桃子念念不忘，脑子里满是一堆堆的桃子，青青的，桃尖上是红红的。每每此时，小孩总会咽咽口水，但却不敢再跟母亲说了。

一天，小孩看见离家不远的一户人家院子里栽了树。再看，就是桃树，而且，树上就挂着青青的桃子，桃尖上，也有点红。孩子就走了过去，在外怔怔地看着，咽着口水。

后来，小孩发现围墙旁边有个小门，门上没有锁，小孩稍微用力一推，门就开了。小孩赶紧溜进去。站在树下，小孩看见树并不高，浓浓的、绿绿的树叶里满是青青的桃子。小孩又咽了咽口水，四面看了看，飞快地摘了一个桃子。

跑回家，小孩偷偷地拿出桃子，往衣服上揩了揩就吃。桃子没长熟，酸酸的，甚至有点涩，但小孩还是觉得好吃，吃得津津有味。

有了这一次，小孩以后想吃桃子，就会跑到那户人家的围墙里去摘，偷偷地把摘到的桃子往衣服上揩揩便吃，津津有味。

一天，另一个孩子也进来摘桃子。小孩正在里面，见另一个孩子进来，吓坏了，慌忙往外跑。那孩子见有人，也跑。两个孩子跑了出来，互相看了看，然后那孩子说：“你不是住这里呀？”

小孩说：“不是。”

那孩子又说：“你也是来摘桃子的？”

小孩点点头。

那孩子说：“我们再进去吧。”

小孩又点头。

两个孩子又进去了，摘桃子吃，津津有味。

好几次，两个孩子都碰在一起，吃着桃子时，那个孩子总说：“这桃子真好吃。”

小孩说：“是好吃。”

一天又进去，被人发现了，让人家追了好远，吓得小孩哇哇大哭。

小孩再不敢进去了。

小孩仍想桃子吃，又不敢进去，正馋着，母亲买了桃子回来，是那种大大的，通体红红的桃子。母亲洗好桃子给小孩，小孩接过，立即咬了一口，但随即小孩皱了皱眉，小孩说：“桃子怎么是这样的？”说着，小孩放下桃子，“不好吃。”小孩努了努嘴，跑了出去。

# 瘦老头

〇丑　时

古道，西风，瘦……老头！

新建的兵营就在眼前。瘦老头拄着拐杖，艰难地逆风而行。

走到兵营门口，一名好心的新兵抢步上前，将他扶住：“老丈，您这是去哪儿？这一带的强盗凶残得很，连兵营里的粮草他们都敢来抢，您出门可得当心。”

瘦老头道：“我来找你们将军，有几句话对他说。”新兵上下打量他，说：“您该不会也是来应征入伍的吧。明年，我们就要向铁轮族进军了。”

“这仗打不得。”瘦老头激动地抓住新兵的手，“战火一经点燃，铁轮族人必定誓死捍卫家园，到那时铁轮山下将血流成河。”新兵不以为然道：“怕什么，顶多再打他个十年八年，就像上回打昆仑族一样。”瘦老头只有摇头叹息。

两人到了将军房门口，被守卫拦住。瘦老头从怀里取出一个布包，解开来，露出三枚纯金令牌：一枚烈士牌，两枚英雄牌。守卫一见，都肃然起敬。他们知道，这些都属于战争最高的荣誉，一个人一生未必就能得到一枚，这瘦老头居然拥有三枚。

瘦老头进门时，将军正在研究铁轮山脉的地形图。一见那三枚金牌，将军不敢怠慢，即刻让了坐，客气道：“老人家亲临，不知有何指教？”

瘦老头道：“我是来跟你说说我三个儿子的事。”将军一愣：莫非他三个儿子也想参军打仗？当即恭敬道："老人家，请讲。"

瘦老头望着手中的金牌，黯然叹道："我三个儿子当中，大儿子最勇敢，二儿子最聪明，三儿子最善良。然而，10 年前那场战争毁了他们。我大儿子战死沙场，换回这枚烈士牌，可以说虽死犹荣。可是，我另外两个儿子虽然活着离开战场，得到两块英雄牌，却遭遇了各自的不幸。"

将军笑容突然僵住，听瘦老头继续道："那场战争打了六年，把我二儿子都打傻了。他以前就像兔子一样聪明伶俐，可是打完了仗，他竟连回家的路都给忘了。半途。迷了路，误入深山，饿死在山里。

"深山里头，本来有一户人家，有一块地。人虽迁走了，可蓄粮也够他一人吃到第二年的秋天。可是当我们找到他时，他已经饿死在荒废的稻田里。我是想说，如果不是因为他失去一只胳膊一条腿，如果不是因为他失去正常人生存的本领，也许他就能挨过那个秋天。"老人苍老的眼睛此刻泪光闪闪。

将军脸上起了哀色。瘦老头的声音越来越激动："我那第三个儿子，虽然活着回来，虽然四肢健全，可谁能想到他竟然……咳咳……"一口气提不上来，瘦老头拼命地咳嗽。

"他从前是那样的善良！"说到伤心处，瘦老头握杖的手抖个不停。他已无力再说下去，一双眼睛却愤怒得像燃起的两团火，显然是对战争无声的控诉。

将军深感痛惜：战争总是残酷的，即使能幸免于死，也少不了要断手断脚，变成残废；更有一些善良的人，由于见不惯战场上的血腥屠杀，回家后疯的疯，傻的傻。他当即宽慰道："老人家您节哀顺变。"拍了拍胸膛，又提声道："您的来意我明白了。本将军以人头向您担保，一定好好打赢这场仗，绝不会让这样的悲剧再次重演。老人家请回吧。"

"什么！"瘦老头用拐杖在地上使劲儿顿了顿，嘶声怒斥道，"难道我讲这么多，你还执迷不悟吗！我一家五口，大儿子死在战场，二儿子也没了，三儿子……老太婆伤心过度，去年也走了。你还想老朽血溅战场吗？”

将军羞怒道：“两兵交战，伤亡在所难免。您三个儿子参战，能有一个活着回来，已经很不错了。尽管成了残废，可是总比面对一坛骨灰来说好吧。况且，为国牺牲，您应该替他们感到自豪才是。”

“自豪？”瘦老头叱喝道，“他变成现在这个样子，你说我怎么能替他感到自豪！”一口气顺不下去，又引来一阵剧烈的咳嗽。

将军怒气渐消，他明白瘦老头脾气倔强，一时难以说服，便假意宽慰道：“老人家稍安毋躁，我尽力向皇上进谏就是。来人，送老人家回去。一路小心，这一带可不很太平。”说完便埋头继续研究铁轮山的地形。

瘦老头无奈地道了声谢。但人还未出门，门外突然响起一阵天崩地裂的叫杀声。一士兵夺门而入，慌张道：“报将军，强盗又来抢军粮了。”瘦老头一听，吓得直哆嗦。门外已传来两军拼杀的惨叫声。

“这群狗东西！”将军一面骂着，一面匆忙披上战衣。头盔刚戴上，又一士兵进门禀报道：“大事不好了，新兵不懂阵法，防线被强盗攻破。他们正朝这边冲过来。”“如此神速！怎么可能？”将军脸色骤变，顿时手足无措，略一迟疑，外面的打斗声已经停止。新军显然被全盘击溃了。瘦老头倒吸一口凉气，又是一阵急咳。这时，一阵响亮的马蹄声朝将军营疾传过来。守卫兵急道：“将军，逃吧。我们断后。”

将军这才回过神来，急忙收起地图。就在这时，“噼啪”声响，木门突然飞起，撞飞门口的几名士兵，摔在将军身上。一匹马率先冲了进来，将军吓得不敢吱声。马上那人神态霸道，像是强盗的首领。他目光如炬，打量着在场的每一个人。

当他的目光落在瘦老头身上时，突然一暗，接着他惊诧地问道：“老爹，您不在山寨好好待着，跑来这里干什么？”

# 换 目

〇胡　炎

富人于商海奋斗半生，双目昏花。

乞丐虽常常饥肠辘辘，却练出了一双鹰眼——随时随地发现残羹冷炙，常人难以望其项背。

一日，富人决定换一双眼睛，以图事业的更大发展。

于是，富人就在报上发了换目启事，许诺若愿以疾目亮眼与其兑换，将付给对方报酬20万元，决不食言。

居然没人应诺。

“哎，10万元买不到一只眼啊！”富人感慨，很有些沮丧。

柳暗花明，乞丐登门。

富人没好气，掷给他10元钱：

“拿去吧，快滚！”

“我不是来讨饭的。”乞丐逼视着富人，“听了条小道消息，说你要换眼，可有此事？”

富人隔着眼镜仔细打量乞丐，果见乞丐二目如星，熠熠发亮。

“有这回事。”

“那好，我跟你换。”

“别急，你的眼……”

“放心，蚂蚁胡子我都能看见。”

富人大喜，当即带乞丐进了医院。

经过检查，乞丐视力超群。富人心花怒放，暗想以后有此锐眼，必可日进斗金了。

二人很快做了换目手术。

手术成功。富人像是突然戴了架高倍显微镜，而乞丐则像戴了层毛玻璃。

富人兑现承诺，乞丐20万元到手。

一年后，富人破产，沦为乞丐。人皆言其蝇头微利看得比天还大，不可交，从前的合作伙伴也四散而去。

乞丐积少成多，薄利多销，渐成富人。

一日，过去的富人来找现在的富人，乞求道：

“我们还是把眼睛换回来吧。”

现在的富人一笑，摆摆手：

“免谈。”

# 钝刀

○刘建超

黄局长病重住院，跑前跑后的依然是办公室的路主任。

黄局长刚入院时，来探望的人还络绎不绝。当得知黄局长的病已经无力回天了，来探望的人就越来越少了。办公室的路主任，不管每天多忙，总是要跑一趟医院看望黄局长。黄局长感动得泪水涟涟，说局里只有路主任是好人，其他的都是白眼狼乌龟王八蛋。路主任总是非常恭敬地说："哎哟，领导，您为局里鞠躬尽瘁，累成这样，我不来照顾你，那不是昧良心嘛。您安心养病，有啥事尽管吩咐。"

路主任走了，黄局长感动得情绪还难以归位。

黄局长到局里上任之前，都传说路主任要提拔为局长。黄局长到任后，路主任提拔的事就没有再被提起。原以为路主任会有很大的抵触情绪，结果并不像大家想象的那样，相反，路主任比以前更认真更负责地工作，对黄局长更是无微不至地照顾和关心。

黄局长有徒步上班的习惯，十来分钟就可以走到单位。黄局长到任的第二天早上，路主任就带着车等候在黄局长的楼下了。黄局长说，不用坐车，就几步路嘛，正好锻炼锻炼身体。路主任说："哎哟，领导，您可不能这么说。以前的局长都是坐车来上班，大家都习惯了。您要是不坐车，局里同志会有想法的，是我们服务不到位呢，还是局长故作姿态。这样就会和大家疏远，有隔阂。局里配的车就是让局长坐的，这是一种待遇，也是一种身份的象征。再说，其他局长都是坐车上下班的，唯独您不坐，其他局长怎么看您？您不是把自己给孤立起来了吗？这也不利于工作和其他处室的沟通啊。”

黄局长被说乐了，×，坐个车还有这么多的讲究啊。

“哎哟，领导。您就体谅体谅我们做下属的苦衷，上车吧。”

黄局长无奈，只得上了车。路主任悄悄叮咛司机：“一定要伺候好处座，不能让领导多走一步路。否则，我就换掉你。”

黄局长到单位，就开始打扫自己的办公室。黄局长刚拿起拖把，路主任就给抢过来：“哎哟，领导，您这不是打我的脸吗？”

黄局长说：“我这也是活动活动，锻炼锻炼啊。”

“哎哟，领导，您哪不能锻炼，还差这么一点儿啊。您每天开会，那是不是锻炼？那才要工夫呢。坐禅就是最好的锻炼，是吧？您讲话作报告，那也是锻炼啊，要练体力，还要练肺活量。其实，只要有心，洗脸刷牙也可以锻炼。洗脸时，毛巾不动，头上下动；刷牙时，手不动，头上下左右动就行。”路主任边说还边做着示范。

黄局长被逗笑了，以后也就不再拿拖把扫把。

路主任也十分关心黄局长的饮食，只要局长没有会议和应酬，路主任总要把黄局长拉到生猛海鲜的店里吃饭，大鱼大肉大碗酒。黄局长说，吃饭最好是清淡些的好，有益健康。路主任说：“哎哟，领导，您别听电视上报纸上瞎扯淡。今儿个说吃这个好，明儿个又说吃这个不好。弄得大家都不知道该吃啥了。其实啊，什么都得顺其自然。只要是能吃的肯定都对身体有好处，掌握适度的量就行。对吧？也没听说谁吃素活多大年纪的。我村里一个老太太，九十多岁了，就爱吃肥肉，现在还硬朗朗的。”

黄局长说：“我就纳闷，怎么理到你这里就有些歪了。”

“哎哟，领导，歪理也是理吧。我也是舍命陪君子啊！我有三高：高血压、高血脂、高血糖。”路主任都啥也不在乎，黄局长还能说什么。

路主任去一家公司办事，恰好赶上停电。路主任只好走楼梯，上了十层就有些气喘吁吁了。他靠着扶手，仰面看墙壁，他看到墙上贴着的健康箴言：科学实验表明，每上一节台阶，人的生命就会延长7秒。为了你的长寿，攀登吧。

路主任从那家公司回来后，如热窝里的蚂蚁，坐卧不宁，焦躁不安。连夜起草了在局办公楼安装电梯的请示报告。

黄局长不解，安电梯？局里的办公楼只有七层，至于吗？

路主任说："哎哟，领导，局领导的办公室都在五楼，每天上下班多不方便啊。你们走路都在想工作，万一有个闪失那可就了不得了。外勤小马上个月不是就崴了脚了？再说，上级领导来了，上五楼也不方便啊。安上电梯还可以提升局里的外部形象。钱的事您不用发愁，我的一个同学在厅里管这事，保准搞定。"

路主任还真是把钱要回来了，很快，电梯就安装完毕。还就是方便了。黄局长还专门请路主任去最好的饭店吃了一顿。

黄局长没能在医院里捱过几个月就去世了。医生惋惜地说，他太缺乏锻炼了，哪怕每天就是擦擦地也不至于到这种地步。

路主任当上局长后，定了三条：第一，不坐车上下班；第二，因为经费紧张，电梯停用；第三，局长办公室由他自己打扫。每天，路局长都会抓着拖把擦地，擦得很认真，谁抢拖把他和谁急！

# 卡上的爱情

〇东　瑞

世纪末谈情说爱兴用电话，但小麦自忖口才欠佳，亲昵肉麻的话总讲不到几句就没了下文。他想学30年代文坛名士写写情调高一点的情书，但那些文诌诌的词句又嫌不合时宜。最令人烦恼的，他有自知之明，感到文化程度不高，白字错字一大堆，怕笑掉对方大牙。幸亏有那么多心意卡出售。款式设计既精美，上面印着的诗句又浪漫。这实在可以解决他的问题。卖各种贺卡的商店于是变成了他最喜欢去的、留连很久的地方。细沁与他同窗时就对他有些好感，毕业后彼此留下电话地址，小麦对她的思念和爱意，就全靠卡片攻势了。

小麦对季节、节日和时令有特殊的敏感，每到特别的日子，他都会选些相应的、合适的心意卡寄给对方。例如炎炎长夏，他选的是印上“我的热情，如夏天的阳光；我对你的思念，如白昼一样长”的诗句；秋天，他选的是：“秋是收获之季，也是思念的季节；我们的爱情，该已结上美丽的果实?”冬日，他选的是：“冬天到了，春天还会远吗？友情升华了是什么，只有你与我知道。”春天，他选的是：“你春天般的笑靥，永在我眼前闪现；我盼望紧握你的手，放在我跳动的心口。”

当然更不用说在圣诞节、情人节等等那些节日了。小麦是不会忘记给细沁寄上特别选购的心意卡的，虽然细沁久久、偶尔才回寄一次，他也不介意，他总认为，寄出那么多心意卡给她，就相当于寄出一封封浓情蜜意的情书，细沁一定会熟读和精读那印在上面的诗句或行句的吧！

有一日她的芳心也会被打动的！

平安夜，细沁邀他上她家卡拉OK，他想她或许有什么表示了。

“谢谢你寄了那么多精美的心意卡给我，款式设计都很美，亨利十分喜欢，我都送给他了。他刚到广告公司做事，对他参考有用。”细沁对他说。说过话，就向他介绍身旁一个牛高马大的青年：“这是亨利，我的男朋友，下个月我们就要订婚了。”

# 低　头

〇高　军

"你这孩子怎么啦，抬起头来!"父亲脾气暴躁，动辄就起高腔。

小芹努力往上抬头，可脖子就是软软的，好像颈椎骨被抽掉了，最终脸面还是与地面平行着。她抬起右手，摸了摸后脖颈，骨节分明，骨头还在啊。父亲气哼哼地走了，小芹的眼睛里湿漉漉的，眼下黄白色的地面模糊起来。

最近一段时间，小芹只要见了人，头就会低下，怎么也抬不起来。眼看就要去上大学了，她自己也急得不得了。

通知来了不久，家中来了一大群人，在乡村干部的陪同下，呼啦啦涌进了小院。扛摄像机的就有三个人。有一个当官模样的人在众人的围拥下，伸出手来和小芹的父亲使劲握着，身子斜斜的，眼睛转到摄像机的方向。扛摄像机的人马上往前一步，三个黑洞洞的机器发出冷冷的亮光，冷得在一边的小芹突然打了一个寒战，哆嗦起来。当时一家人正在又喜又愁的，小芹考上了大学，可费用却还没有筹措够数。突然来了这么多人，一家人不明白是怎么回事。一会儿那当官的松开手，后退了几步。身边人员拿出一个大红纸包，快速递到他的手中。他慢慢地看了一眼，把红包翻转过来，让带着黑色字迹的一面对着众人。摄像的三个人小跑着变换着方向，摆着姿势。那人俩手捏着红包的两边，走到小芹父亲面前，对着愣愣的小芹父亲，又开始说话了，大意是说孩子考上了大学值得祝贺，上级知道你们家庭困难，在开展的助学活动中把你们列入了，今天来看望一下，同时捎过来2000元钱，以后有什么困难，多反映，我们会尽量帮着解决的，然后举起红包对着众人转了一圈，才交到小芹父亲手里。

小芹的父亲愣愣的，说不出话来，机械地拿着红包：“这、这……”

有人小声过来教着：“还不赶快感谢领导！”

小芹父亲才反应过来的样子，脸憋得通红：“感谢领导。”

三个话筒同时伸了过来，他吓得猛一哆嗦，红包掉在了地上。很多人的脸上露出了强忍不住的笑意，话筒被失望地抽了回去。

地上的红包显得更加刺眼了，小芹的父亲佝偻着腰，低下身子去捡拾。人们漠然地站着，眼光里面充满了怜悯。小芹尽管离这些交织的目光较远，但她还是感到了冷嗖嗖的刀子一样切割着她的心脏。

“大学生在哪里？我们采访一下大学生吧，让她谈谈今后怎么学习、怎么报效祖国就行了！”一个记者想出了这么个办法，另外两人点头表示同意。

在他们急速的搜寻中，人们的眼光都向小芹转了过来。小芹的脸腾地红了，身上出了一层汗。她猛然低下头去，快步向远处跑去，最后消失在了人们的视野里。

来人都有些失望，领导模样的人大度地摆摆手，人们安静下来，他向小芹父亲告别一声，人们就呼啦啦走出了大门。小芹父亲看到他们的十几辆大小不等的汽车一溜烟离去了，才长出了一口气。

小芹在远处目睹汽车离开，并看着村里的人围着父亲又说了半天话后陆陆续续散尽了，才悄悄地往家中走来。

路上偶尔碰到的人，都会看着她，眼光意味深长的。她感到那目光好像锋利的箭簇子似的，直往她的脸上射来。她的头慢慢低下去，与站立的身体在胸前构成了九十度的一个角。她走过去，背后就会响起嘁嘁喳喳的议论声，就像前不久才收割的小麦的麦芒随即对准了她的脊背。她保持着一个姿势快速往家中走去，对迎面来的人、车等均视而不见，不管不顾。

从这天后，只要在人前她就怎么也抬不起头来了。她很着急，总是使劲往上抬，可一点儿也不管用，脖子一动也不能动，再用力，先是胸膛挺了起来，接着腰直了起来，最后脚后跟也离开了地面，可是她的头还是没有抬起一点点来。

她的这个状况没敢和别人说，她想慢慢会好的，所以一有空闲就尽量去活动脖子，但是没有效果。后来父亲发现了，生气地让她抬起头来。几次后，父亲的暴躁脾气就爆发了，一见面就是这句话："你这孩子怎么啦，抬起头来!"

后来，她就这个样子上了大学，仍然是见了人头就低下了，直到跟前没人了的时候才能抬起来。好在她学习很刻苦，成绩一直名列前茅，奖学金在全校是最高的，所以也就没有人对她的毛病指手画脚说三道四了。后来，老师、同学也就见怪不怪了。

在学习的空隙里，她尽量多地抽时间去做钟点工挣点钱；假期也不回家，或做家教，或当保姆，也曾到建筑工地上干体力活。

一年后的暑假，她回到了村里，拿出一沓钱，神情严肃地告诉父亲："咱把那2000元还给人家去。"

父亲愣怔一会儿，点点头。父女俩找到村干部，最后找到乡里、县里，费了很多口舌，受了很多白眼，终于才把这件事办妥了。

往回走的路上，父亲发现走在自己前头的小芹头抬起来了，他惊喜地看着女儿挺起来的后脖颈，眼睛有些潮湿。进村时，碰到了更多的人，他发现女儿身子也往上耸着，脖子挺得更直了。

其实父亲不知道，发现自己抬起头来了，走在前面的小芹早已泪流满面了。

# 糖醋爱情

○海　飞

有一天他坐在偌大的办公室里，觉得心里空落落的。他把皮椅转到窗口，窗外是阳光下正在茁壮成长的城市。他努力地想着自己想要干点儿什么，后来他终于想到，自己不可遏止地有了一种欲望，那就是吃一回前妻做的糖醋排骨。

他是这家公司的老总，无情的商战使他身心憔悴。他与前妻离了婚，因为有一天前妻未敲门就进了他的办公室，他不在他应该在的位置上，小秘也不在她该在的位置上。他们离婚了，但是他不缺女人。女人就像鱼一样，而他是水中的礁石，鱼们从他身边游过，使他记不清她们的容颜了。但是，突然地，他就是想吃一回前妻做的糖醋排骨。

他打了个电话过去，按动键码时感觉很慌乱，这让他想起第一次约会前妻时也是这样的心情。前妻沉默了一会儿，说，别来了，都不相干了。他说，还是来吧！我真的很想吃你做的糖醋排骨，就这一次。前妻终于说，好吧！

一刻钟后，他开着他的“别克”来到前妻的楼下。他对这幢房子有些陌生了，陌生的原因是因为他沉醉在灯红酒绿中不能自拔。他敲开前妻家的门，前妻开门了。他看到前妻略略化了妆，这让他颇感欣慰。

他窝在沙发里，看前妻做糖醋排骨。前妻的背影看上去比以前纤巧多了，看得出是精心保养的结果。他忽然觉得枕边那些走马灯似的女人，真的都不及前妻美丽。他开始有一些悔。如果不是发了一点儿财就翘着尾巴忘了自己是什么东西，那么每天窝在沙发里看前妻做菜的还是他，听前妻唠叨家长里短的也是他。他看着前妻的背影就想着无数次他的手指抚摸着前妻光滑如缎的脊背，幸福的感觉像一粒子弹击中他的头颅。

他看到前妻调好淀粉，排骨们沾上了少许淀粉然后滚进油锅。在油锅里它们高兴地唱啊跳啊，然后，它们像浴后的婴儿，被前妻捞起来，冷却后，又倒进油锅。前妻说，炸了两遍的排骨才会更松脆。接着倒出油，接着放入糖、醋、酱、淀粉等调料，最后，油亮亮香喷喷的排骨捞起来，放上葱末，浇上沙司。前妻将糖醋排骨端到他面前，说，你知道糖醋排骨为什么这么好吃吗？因为它是甜的，又是酸的。

门铃响了起来，走进来一个男人。前妻在门口接过那男人的提包和外套，并且，他们轻轻贴了贴脸。这让他很尴尬，前妻没告诉他已经有了男人。而这个男人礼貌地和他打招呼时，他才认出这人竟是他的商业对手。不久前，他下属的一家小公司就被这个人毫不留情地吃掉了。

前妻和男人坐在沙发上看电视。前妻正在织毛衣，并且拿毛衣在男人的身上比画着。他面前的糖醋排骨喷香的气味钻进他的鼻孔，他只好硬着头皮吃排骨。今天开始他重新认识了前妻，其实前妻一直都在等着这一天的到来。他又想起前妻的话，你知道糖醋排骨为什么好吃吗？就因为它是甜的，又是酸的。他开始流泪，他不想流的，但是没办法，泪还是下来了。这一刻，他希望自己是一只鸟儿，是鸟儿，他就会跃出窗外……

# 以死亡的方式

○郭凯冰

她最多的时候是坐在窑洞唯一的窗口望着远处那条小路。那是他走的方向，也将是他来的方向。

她浆洗缝补，外出捡柴，当然也必须耕种窑外那片菜地。除了种菜，自己什么也种不出来了。她很感激当初家里后花园的老李。老李在花草的间隙里，种了一行菜。她就是那时喜欢上菜园的，蔬菜比花草更亲近人。那菜就是烟火气啊！

将菜种出来的时候，她为难了。他走时买下的粮已经吃完。难道这菜，可以当粮吃吗？她吃了两天菜，已经感觉自己虚弱得要倒下。

在捡拾柴草回来的路上，她果然倒下了。夜色漫上来，她平生真正的伤心来临——父亲不让她跟他的时候，她也伤心，可那时她觉得跟她一起伤心的，还有他呢。如今呢，他在哪里呢？她躺在夜色里，没想再起来。她觉得一觉睡过去，是自己最好的选择。

打扰她的是一个卖豆腐的人。她知道他叫王二。王二就住在寒窑不远的村子东头，站在屋门口，能清清楚楚看到她在侍弄自己的菜地。

王二怎么知道自己是饿昏的，她不知道。总之，王二把她摇醒以后，递过来一个暄软的馒头。她咬第一口后流下了他走后的第一滴眼泪，这竟然不是因为思念。她慢慢吃着，保持着最低廉的自尊。

后来，王二每天出去卖豆腐之前，就来菜地割一捆可以卖的蔬菜，傍晚回来，再捎些柴米油盐。有一次，菜卖得很好，他甚至买了一个圆圆的铜镜。

她心里的惊喜没有表现出来。直到夜里，洗了脸，她才在小窗前的月光里坐下。月光里，铜镜中，那张脸啊。她呆呆盯着，这还是那个曾经被下人叫做小姐的女子的脸吗？

夜幕上来，忙完了，她就坐在窗边望着远处。镜子挂着，蒙着她当初的盖头。她一遍遍冥想远方，远方很遥远，就像头顶那轮凉凉的月亮。那个人，也在想着自己吗？他的衣服谁洗？他的起居谁照料？

是哪一个冬天的傍晚？那时雪花已经飘起来，挡住了远处的视线。她的心里焦躁得不行，一会儿起来，一会儿坐下。她甚至还跑出去，跑到最远那片菜园，踮着脚往远处看。

王二的身影出现在雪地上。她起身，一会儿拿起勺子，一会儿端起碗，甚至往已经熄灭的灶里添了一把柴草。那一天，她说，王二，在这里吃过饭再回吧。总要谢谢人家啊，她想。

王二开始帮她种菜，她也开始帮王二浆洗。穿戴干干净净的王二一脸敦厚地笑。她觉得这笑让自己踏实。

18 年后的某个傍晚，她盯着远方，屏了气息。那个人向着她的寒窑走来。

是的，这是她和他的家，他不来这里去哪里呢？被褥是他的，每年春天，她都拿到院子里拆洗，然后叠好，放到窑洞草铺上，跟她的被褥并排着。

他的气息当然早已消失，但是，她想，他是住在她心里的。虽然，这灶台是王二重新砌的；这窗，是王二安上了木框架；这菜园，王二已经扩大了很多，里面种着菜，更多的是庄稼。但每个傍晚，她坐在院子里，人们都知道，她在等待一个叫做薛平贵的人。

他用 18 年给他和她挣来了荣华富贵，当然，还有另一个女子对薛平贵的爱。可是，她怎么觉得，自己的18年被他硬生生割走了呢？是因为他身边那个女子，是因为他对那个女子更多的娇宠，对自己更多的尊重吗？

月光依然很凉。她盯着身边这个沉沉入睡的人，有些疑惑。当他在代战公主身畔沉沉睡去的时候，是否梦到清冷的月光下，远方有个王宝钏呢？是什么时候，他在西凉的锦帐中，想起了寒窑里的妻？她没有想到问一问枕边人。那疑惑，就如一阵风，从耳边吹过，一忽儿就没有了踪影。

红鬃马上，她回头。王二站在菜地边，呆呆的。王二竟然有了白发，是什么时候开始有了白发呢？她要下去问一问。薛平贵抱着她的腰，红鬃马就带着她飞起来，飞起来。寒窑里的什么物件，也配不上贞洁烈妇王宝钏了。薛平贵要补偿她，她的贞洁当然担得起这份补偿。可是，那面只用过一次的铜镜，还是让她觉得心被摘走了。

戏班子奉皇命，很快排演出了他和她坚贞的爱情。她微笑着一张脸欣赏：他被人打败，不仅没有被砍头，还博得美人眷顾，做了西凉驸马；而这，是他离开自己的第三年。戏台上的王宝钏，顶着风雪，在寒窑中盼、盼、盼——这是一个多么天真的姑娘呵。

锦帐中，在薛平贵沉沉的气息里，王宝钏思念着一个叫做王二的人。18天之后，薛府宣布夫人亡故，举行大殡。

而那时，她坐在王二迤逦远行的豆腐车里，微笑地望着路边青葱似的庄稼。

# 父亲画圈

〇莫　美

父亲在雪峰山深处一个公社担任管委主任时，处理文书的方法和晚年毛泽东相似，都是画圈。不过，毛主席的圈是把“毛”字圈起来，间或还写几个字；父亲的圈呢，是画在空白处，斜斜的一个椭圆，从不写一个字。

父亲画圈，不是模仿伟人，附庸风雅，而是没有办法。因为他没念过书，不会写字，他之所以能够被提拔担任领导干部，纯粹是因为苦大仇深，工作卖力。

父亲画圈，分为两种：一种是上级的文件，公社秘书念给他听后，他拿起毛笔，在文头空白处画一个圈，表示已阅；一种是需要批复的报告，来人和他讲清之后，他在报告后面的空白处，画一圆圈，并在圆圈中用力一点，表示同意。那个时候，社员要砍几棵树盖房，队里的牛病了老了要宰杀，都要生产队、大队盖章签字，然后到公社找管委会主任批准。

一个连自己的名字都不会写的文盲，居然能够担任公社管委主任，父亲的画圈，实在为那个时代普遍流行的读书无用论作了一个最好的注解。

那年秋天，县革委会组织各公社管委主任北上参观学习。他们参观了河南林县的红旗渠、山西昔阳的大寨、天津的小靳庄，顺便游览了首都北京，前后花了二十来天。父亲被那些改天换地的先进典型激励得热血沸腾，准备带领全社人民大干一场。可是，当他走下火车，却被两个警察逮捕了。

父亲如坠雾里云中，懵懵懂懂地进了公安局。直到次日提审他时，他才知道，在他外出不久，大兴大队五队砍树四百多棵，是父亲批准的。警察问他，一次批准砍这么多树，到底是得了什么好处，还是想使革命林区毁于一旦？

父亲当然不承认，说他没有批。

警察说他不老实。

这样僵持了两个多小时。后来，父亲提出要看看批文。警察请示局长，答复可以看看，但要绝对保证不能让犯罪嫌疑人毁了罪证。

批文摆到了父亲面前。确确实实的，在大兴大队五队报告后面的空白处，有一个歪歪斜斜的椭圆，中间还有那么一点。

父亲呆了。

警察问他，铁证如山，还有什么可说的吗？

父亲说，我可以拿起看看吗？

警察说，可以。

父亲拿起那个报告，对着窗户看了一下，然后说，这不是我批的。

警察问，为什么不是你批的？

父亲说，这个圆圈，有点像我画的，但确实不是我画的。因为中间那一点，我点得很重，点中有一个小孔，一般人是不会注意的。我在毛笔尖中，放了一根大头针。你们看这一点，中间没有小孔。

警察拿起一看，中间确实没有小孔。

父亲说，我坐在这里不动，你们到我房里去看看，我那支毛笔，中间有一根大头针；你们还可以看看其他批文，中间一定有一个小孔。警察觉得父亲说得有理，立即赶到父亲工作的公社机关，看到了父亲毛笔尖中的大头针，也看到了其他批文上的小孔。后来查清，大兴大队五队报告上的圆圈系公社秘书所画，他因此被判刑三年。

父亲虽然免了牢狱之灾，但同时也免去了公社管委主任的职务。从此，他再也不能在报告上画圈了。

父亲回到家里，对我说的第一句话就是：崽宝，你要发狠读书啊！

# 棋子

○刘建宗

口色西斜，店里的肉也卖尽了。

我关了店门，也不更衣，一身油腻地向城外走去。街上的行人不禁捂紧鼻子，纷纷侧立，斜目相向。我微微一笑，并不在乎。我长得又黑又胖，又讨过饭，早已麻木于别人的冷眼了。况且，整个魏国又有谁会认得我呢?

但是，我会牢牢记住：我叫朱盈儿，是朱亥的女儿。

曾经，父亲朱亥是一个屠夫。他有一个忘年交，叫侯嬴，是魏王弟弟信陵君的座上客。侯嬴向信陵君举荐了父亲。

信陵君便带领随从，几次三番来父亲的肉店，请父亲入府做门客。父亲一直冷着脸，不答话。信陵君送来一箱珠宝和十二个婢女，还请父亲入住一个新宅。大梁城轰动了——不过是一个屠夫，怎么值得信陵君如此礼遇？仿佛什么都没有发生，父亲照旧砍肉，招呼客人，把信陵君冷落在一边。

信陵君偶尔还来。他让随从等在街上，自己忍着店里的腥臭，默默地坐着。有时，他会抱抱我，任我黑黑的手指在他的脸上和身上抹下一条条黑道。这时，父亲会多看信陵君几眼。信陵君微微一笑。

不知从哪天起，我竟然迷上了信陵君驾车的那匹红马。那马真红啊，风吹过时，扬起的毛发就像一团燃烧的火。有一天，我终于忍不住摸了那匹马。第二天再来的时候，信陵君单把那匹马牵了来，交给父亲，说是送给我的。父亲看了我一眼，想了想，说还是把马牵回去吧。

信陵君皱了皱眉，抽出佩剑，猛地刺进了马的脖颈里。血，汹涌着迸射出来。那匹红马不甘心地嘶鸣了几声，倒下了。信陵君挥了挥手，随从把马抬走了。傍晚时分，他的随从端来了一锅马肉，放下后，一言不发地走了。

父亲叹了口气，抚摸着我的头，温柔地说道：吃吧，这是给你的。

我只吃了几块，那马肉很难吃。我不想让那匹马死！

信陵君再来的时候，父亲会和他说上几句话。

这年秋天，我的背上长了一个疮。我感觉浑身发热，如被火烧。父亲先后请了几个医生，但都束手无策。这时，信陵君领着三个御医来了。御医说，我得的是阴寒疮，好治，但也难治。因为，需以百年的红须参为药引。这红须参却是难得的宝物。

信陵君笑了，说：我当是什么难寻的宝物呢！我的府里正好有两棵。

信陵君的随从忙说：可是，那是治疗三夫人顽疾的主药啊，没了它，夫人恐怕挺不过今冬。

父亲一言不发。信陵君摆摆手，说：无需多言，听我的，拿来就是。

一个月后，我的病好了。父亲向信陵君深施一礼，道：蒙您大恩，需要我朱亥之时，但请吩咐！

信陵君留下了数十镒金子，笑着走了。

父亲收下了金子，夜里抱着我哭了。我不知道，父亲为什么哭。

第二年，秦国攻赵，魏王派大将晋鄙驰援。秦王威吓魏王，魏王怕了，令晋鄙暂停进军，作壁上观。信陵君便窃来魏王的兵符，打算矫旨夺下晋鄙的兵权，以救赵国。为了防止晋鄙识破计谋而拒不交出兵权，信陵君带上了父亲。

晋鄙果然怀疑信陵君，父亲便一锤击死了晋鄙，助信陵君取得了军权。

信陵君率军破秦救赵后，不敢回国，在赵住了十年。

父亲就陪了他十年。

我就做了十年的孤儿，乞讨为生。我的腿上，落满了被恶狗追咬而留下的伤疤。面对人们鄙夷的目光，我不敢说我叫朱盈，是朱亥的女儿！——晋鄙的家人正四处搜寻我。不过，我长得又黑又胖，实在是太平凡了，很少有人会注意我。

十年后，秦国大举攻魏，魏国危亡。魏王无奈，只得请回了信陵君。父亲也跟着回来了。

父亲匆匆见了我一面，又上了战场。秦军退去，魏王与信陵君坐在高堂之上，而父亲仍旧是信陵君的一个无名家臣。

我抱着父亲大哭，父亲也是老泪纵横。

我抚着父亲的伤口，问这一切都是为什么。父亲说：因为，我们都欠信陵君的。什么时候这个债还上了，父亲就轻松了。

我问：什么时候能还上他的债啊？

父亲说：就快了。

信陵君的威望日益高涨，魏王忧心忡忡，便派他出使秦国，欲借秦王之手除掉他。朝堂之上，父亲挺身而出，要代信陵君出使秦国。面对群臣，魏王无奈，只得答应了。

我送父亲。父亲说：这次回来，我们就不欠信陵君的债了。到时，爹还陪着你干老本行，过悠闲的日子。我说：好！

我买回了父亲的肉铺，等父亲回来。

可是，父亲没有回来。

父亲死了。

人们说，父亲死得很壮烈，可以名留后世。

秦王想收降父亲，父亲不从。秦王便把父亲投入虎笼，老虎向父亲扑来。父亲喝道：畜生，尔敢！老虎吓得趴在父亲的脚下，动也不敢动。秦王无奈，只好将父亲囚禁起来。父亲就用头撞柱子，柱子却断了。于是，父亲自己用手扼喉，喉断而死。

我只能将父亲的衣冠葬了。父亲的坟前，只有我一个人——朱盈，朱亥的女儿在焚化纸钱，看荒草在秋色中抖动。往事如风。我想问父亲，那个因你而抱过我，为我杀了红马，又赠我红参的信陵君在哪里呢？城里，依旧那么繁华，却又如此遥远。

只要有时间，我就会出城去看父亲。例如今天。

天就要黑了，城门就要关了，看来，我今天出不了城了。

这时，有大队的人马经过身旁。我遥遥望去，正是信陵君。

信陵君也望向我，我毫不躲避他的目光——他不会认得我，朱盈儿，一个又黑又胖的卖肉女，朱亥的女儿。

# 风筝会

○青　铜

清早，桥镇还沉睡在史灌河的迷雾中，风筝王就已走到蒿草丛生的野地里，挽起袖口用蘸了唾沫的指尖，试风，估摸着风向和风力，适合把他的哪些风筝交给天空。

在他细长的眼睛里，倒映出蔚蓝的天空。在他身后，柴门边立着他的女人。

桥镇没有放纸鸢的传统，在桥镇人眼里，年过三十仍未立业的风筝王，只不过是个败家子，而他那个靠放风筝赢回来的水灵灵的小女人，也只是个中看不中用的花瓶。

听到这些话，风筝王夫妇只是淡然一笑，埋头又去扎制风筝。

风筝王本无家传。他爹是个卖盐的。那一年，风筝王还不是风筝王的时候，和他爹一起去天津卫贩盐，正逢上一年一度的风筝大会。北京、天津、潍坊、南通、阳江、汴梁六大风筝之乡，均有高手前来竞争“风筝王”。桶形、软翅、硬翅、板子、拍子、串活，鸟形、虫形、水族、人物、字形、器皿，大的小的长的短的方的圆的鼓的扁的……各式风筝，漫天飞舞。14 岁的风筝王就迷了眼睛。

这其中，一只硬翅的大鹰风筝夺尽了彩头。那大鹰迎风振翅，翼展数丈，时而凌空俯冲，时而青云直上，时而盘旋回翔，竟引来数只野生大鹰，嬉戏流连，令人真假莫辨。

众人顺着大鹰风筝的丝线望去，却是一个女子，不过二八年纪，眸若秋水、唇似涂丹、鬓发如云、巧笑嫣然。一打听，原是天津卫老风筝王的女公子，芳名唤做珠儿。

大鹰夺彩，珠儿意气风发，当众夸下海口：不论今岁明朝，亦不论青壮老少，谁若胜得我的风筝，不仅让出风筝王的名号，还嫁与他做妻。

一时哗然。各路风筝好手纷纷祭起风筝，去斗大鹰，却被大鹰一一击落云头。

14 岁的风筝王听得耳热心跳，当晚，竟瞒着他爹带上购盐的大宗货款，悄然离了客栈，就此一去不回。

天津卫三年风筝大会，沙燕轻灵、巨龙雄伟，人物风筝传神，故事风筝妙趣，却终无人比得珠儿手中的大鹰，集轻、灵、巧、雄、巨、真于一身。自然也无人能抱得美人归。

转瞬四载。又是风筝大会。大鹰方自起飞，便闻一声哨响，一尾数尺长的青绿小蛇，肋生双翅，如离弦之箭直冲云霄，忽然敛翅飞回，凌空下击。大鹰临危不乱，连续闪转盘旋，翻身迎战。小蛇却仗着轻捷灵巧，双翅时开时合，弹、刺、跳、转，专攻大鹰双翅，瞅个空子，一头撞去。那大鹰本是榫接骨架，被小蛇一撞之下，脱了榫子，折了翅膀，一头栽下云端。

珠儿花容失色，急忙祭起一只鹞子。这只鹞子乃以白绢制成，并不染色绘图，系以透明丝线，飞速攀升，与长天云影融为一色，不可分辨。

这竟是一只传说中能够隐形的素鹞！

素鹞子嘴尖爪利，又能隐形，倏忽来去，往返突袭，转眼间将青绿小蛇双翅扑碎。珠儿暗自松了口气，取了一方丝巾正要擦汗，空中突然升起一只八角板子风筝，四周全是竹篾利喙。珠儿急放线，将素鹞子送上云中隐形，八角板子并不追赶，却借风势划一道弧线，将素鹞子的丝线切断。

断了线的鹞子顿时随风飘逝，一去不返。

珠儿又羞又怒，抬眼，见一位眉清目秀的白衫少年，手中提着那只八角板子风筝，排开人群走来，大咧咧地说，姑娘，俺胜了你的风筝，从今儿起，你就是俺媳妇儿了。

珠儿这才记起自己四年前夸下的海口，一张俏脸顿时涨得绯红，啐道，你耍赖！使这卑鄙手段。有本事，咱们来个风筝会，光明正大地比一场！

少年满口应承。

所谓“风筝会”，颇有程序讲究。二人从风筝造型、色彩、图案，从桶形、软翅、硬翅、板子、拍子、串活，一一比来，少年总是技胜一筹。珠儿怎肯认输？又比故事。你出一个“麒麟送子”，我便出一个“麻姑献寿”；你出一个“八仙过海”，我便出一个“百鸟朝凤”。少年的故事风筝却似取之不尽。

便要比大。珠儿祭起三丈方圆的龙睛金鱼，风筝王却放出百尺来长的飞天蜈蚣。

便又比小。珠儿放飞巴掌大小的黄莺，随风飞舞，姿态可人；少年却取出寸许见方的蝴蝶，却似花瓣制成，栩栩如生。

偌大的会场，人山人海，却不闻人声，不闻气喘。珠儿汗如雨下，少年神情自若。斗到最后一个回合，珠儿无计可施，只得认输。

那少年便是风筝王。自四年前在风筝大会上对珠儿一见倾心，于是走南闯北，遍访名师，学习扎制风筝，又勤习绘画渲染之技，一心要赢得珠儿为妻，这才有了这一场前无来者、后无古人的风筝会。

经过一番比拼，珠儿已是芳心暗许。谁料回到家中，却遭来父亲一番喝责——自古风筝世家，都想争当风筝王，怎甘心输了名头还赔上个闺女？

珠儿被反锁在绣楼之上，哭成了雨打桃花。三日后，大风突起，吹过庭园。夜半，珠儿正以泪洗面，忽然听到有人叩窗，推窗一望，白衫少年骑着一只桌面大小的双鲤鱼风筝，飘浮在空中，笑吟吟地望着她。

花树下的暗影中，老风筝王目送双鲤鱼载着少年和女儿在大风中飞远，不禁抚须长叹：果然是技高一筹！

# 像罗纳尔多一样踢球

○张祖文

那个人长得实在是有点儿胖了！

那天扎西和我在拉萨的一个酒吧里时，就边看球，边发感叹。

扎西喝了大大一口啤酒，说，这么胖的人，居然还能踢球！

我对扎西说，怎么，想不通呀？

扎西又啜了一口，说，岂止是想不通？完全是想不到！像我，一个不胖不瘦、身材不矮，身体极其健康的年轻小伙子想踢球，都没有人要。而他，那么胖了，年纪也那么大了，却还能踢球！

我笑着看他，说，你怎么没人要了？上周不是有一家俱乐部答应要你去试训吗？

扎西叹了一口气，说，就试训而已，试训一完，就没有任何消息了！

我说，那你急什么，这不就是一个好的开端吗？只要有人要你去面试，以后机会就多了！

但我还是感到有点儿郁闷，而且还有好多人不理解，比如拉姆。扎西边喝酒边说。

正在这时，电视上那个胖得已经明显腆着肚子的人，竟在中路强行突破，然后在禁区前沿虚晃一下，面对好几个人的封堵左脚横敲中路，另一人左脚脚底停球往左一拨，在禁区线上低射，足球钻过守门员裆下，直接蹿入球门右下角！

进球了！我和扎西同时欢呼起来。

扎西是一个球迷，从小就为足球疯狂，在小学毕业时就定下了长大后一定要当球员的目标。为此，他不分白天黑夜地练球，在初中毕业时，就因为球技出众，曾被拉萨市的一家小型俱乐部相中。不想，刚进那家俱乐部没几个月，老板就因财政原因而破产。而他，也就只有再去寻找新的东家。但几年时间过去了，他都20多岁了，却还是没有俱乐部愿意要他。为此，他便常常感慨自己怀才不遇。

那天晚上的球赛，我们一直看到了凌晨3点。后来，从酒吧出来时，扎西的情绪基本上都被进球点燃了，酒便喝得多了一些。我送他回家，一进扎西的家门，他女朋友拉姆就睁着明显是因为熬夜而变得红红的眼睛来扶住了他。

扎西却一把推开了拉姆，说，扶什么扶，你不是一向都看不起我，说我没有俱乐部要吗？你还来扶我干什么?！我不要你扶！

拉姆委屈地看了看我。我说，我来扶他上床吧。然后，我安置好了扎西，就出了门。

第二天，我正在睡懒觉，枕头边的电话响了。我接过，是拉姆。她在电话里哭着说，是张哥吗？你快来，今天上午扎西出去和别人踢黑球，被警察抓了！

我大吃一惊，连忙起床，找到了拉姆。原来，今天早上醒来后，扎西还在生拉姆的气，两人为了扎西是继续踢球还是找份正儿八经的工作争吵不休。正好这时，扎西以前的一帮哥们叫扎西去踢一场球，扎西就去了。而这种球，就是一些找不到东家或退役后的球员之间经常踢的一种赌球游戏，也叫黑球，是违法的。因为扎西长久没有正式的比赛踢，有些人便早就找他去踢这种球了。以前扎西都坚决拒绝了，但因为昨天心里一直都感觉郁闷，回去后又和拉姆吵了架，所以有人一叫，他就去了。但没想到，刚踢了20分钟没到，就被警察发现，带到了警察局。

我和拉姆到了派出所，扎西耷拉着脑袋，不敢看我们。我找到所长，请求对扎西从宽处理。所长说，没办法，按照管理条例，必须拘留一周，还得罚款。过了一会儿，所长又补充说，不过，这小子球还真的踢得不错。

一周后，扎西出了拘留所，我和拉姆去接他。他似乎更沮丧，回家后什么都不想干，整天就待在家里，看世界杯。

一天，扎西又在看球赛。电视画面上那个有点儿胖的球员又进球了！扎西有点儿兴奋，但想想自己，情绪就倏然降了下来。

拉姆默默地看着他，不言语。

突然外面有人敲门，那天我也在。我一开门，就看到两个人正站在门外，其中一个是警察。那警察我认识，就是那天我们去见的派出所所长。

我想，扎西是不是又出事了？

扎西走了出来，惊讶地看着门外的人。

拉姆也变了脸色。

所长开口了，他径直向扎西介绍了身边的那个人。原来，这人是一家足球俱乐部的副总经理，和所长是朋友。一天，他和所长在一起聊天，所长对他说，他有一天抓黑球，发现了其中的一个人非常有天赋，问他需不需要看一看。于是，他们今天就来了。

听了两人的来意，扎西异常激动。我和拉姆都为他感到高兴。

两天后，扎西通过了那家俱乐部的试训。一个月后，他正式与俱乐部签订了合同。

扎西终于成了一名职业的足球队员，虽然只是在拉萨的一家乙级俱乐部。

后来的一天，我们又在看球，电视画面上那个有点胖的球员只踢了70分钟就被教练换下去了。扎西非常生气，说，这么快就把人换下去干吗？

我说，老兄，你也要体谅别人呀，别人都踢了十几年了，年纪也不小了，身体也发福了，休息休息也不是坏事呀。

扎西笑笑，说，的确，干什么能像罗纳尔多一样坚持这么多年，都是不容易的呀！

我看着他，拉姆也在一旁看着他，罗纳尔多也在电视画面上看着他。

# 掌声响起来

〇乔　迁

小张被顶头上司办公室主任老王叫到了主任办公室。小张进来后，老王把门关严了，望着小张严肃地说道："小张，有个事想跟你商量一下。"

小张受宠若惊忙道："主任，这话说哪儿去了，有什么事您尽管吩咐就是了。"

老王犹豫了一下说道："其实，这也不算个事，但很重要，对我很重要。我是办公室主任，局领导们不高兴，就是我这个办公室主任的失职。明白吗？"

小张没明白。小张愣眼望着老王说："主任，你是说局领导们不高兴你了？"

老王摇了摇头说："不是，不是不高兴我，是不高兴咱全局的人。但我是办公室主任，让局领导们高兴也是我的职责所在呀！"

小张似懂非懂地问："你是说局领导们对咱全局的人都不满意？为什么呀？"

老王叹了口气说："还不是咱局里的人个个懒得要命，拍个巴掌好像能累死似的，局长们开会讲话，掌声既少得可怜又不热烈，这不是对局长们的讲话不赞成吗？局长们怎么能高兴能满意呢？"

小张说："那怎么办呢？再开会我使劲鼓掌就是了，但别人鼓不鼓掌咱说了也不算呢！"

老王称赞了一句说："好，好，你能多鼓掌就好办了。只要你一带头鼓掌，别人也就得跟着鼓。我找你来，就是想叫你在局长们讲话时带头鼓鼓掌啊！"

小张纳闷地望着老王问："我带头鼓掌其他人就能跟着鼓？"

老王肯定地点了点头说："指定能，你没看电视里那些名人到哪儿演出，下面观众中总有那么几个人呼号喊叫地带头鼓掌吗？这叫领掌，你就是要做领掌人，领着大伙在局长们讲话时鼓掌。"

小张觉得领掌这个词汇很新鲜，很让人有一种成就感，要知道领袖、领导、领头等诸多领字打头词汇，哪一个不是让人敬仰的啊。小张立刻腰板一挺说："行，我领掌。"又担心地说道，"只是，我鼓别人不跟着鼓怎么办？"

老王就笑了说："不会不跟着鼓的。你想，你身边的人鼓掌，你好意思不跟着鼓吗？"

小张说："当然是不好不跟着鼓的，局长们在上面看着呢。我身边的人鼓掌，我像个木头似的一动不动，那不是给局长们难看，给自己找不自在吗？"

老王说："这不就得了，你一鼓掌，你身边的人必然要跟着鼓。你身边的人一鼓，你身边人身边的人必然也会跟着鼓，这样一传递，不就是掌声一片了吗？"

小张不住地点头。老王高兴地说："你想想，局长们一讲话，掌声一片，局长们还能不高兴吗？局长们高兴，我这个办公室主任还能不被重视和重用吗？小张，对你我一直是比较看重的，要不然也不能把这么重要的事交给你。"

小张连忙表决心地说道："谢谢主任看得起我，我一定把这掌领好，一定让掌声响起来，热烈地响成一片。"

老王满意地点了一下头，说："明天开全局总结大会，局领导们要在大会上各自总结一年的工作，掌声有没有，多还是少，热烈还是不热烈，直接关系到局领导们的工作成绩。有掌声，说明有成绩。掌声热烈，说明工作到位成绩突出，全局职工认可。”老王走过来拍了拍小张的肩膀语重心长地说道：“你的任务不轻啊！”

小张激动得面色潮红立正说道：“主任放心，我坚决完成任务。”

第二天，小张早早地来到了会场，选了会场居中的座位。小张觉得自己坐在居中的位置最为理想，自己带头一鼓掌，掌声便会从中间向四面扩散，这样掌声响起来的速度要快，也全面，不至于发生一面掌声响起来而其他三面还平静着。

会议准时开始。局领导们开始总结自己一年来的工作，向全体职工报告自己的工作成绩。讲话的局领导们都没想到自己一年来的工作会让职工们高度认可，每个局领导讲话时都是掌声如潮，一浪撵着一浪，以至于讲话不断被掌声打断。每个讲话的领导都兴奋得面色潮红，激动万分，讲话从来没有过的高亢有力，发挥得都特别好，滔滔不绝。由于讲话不断被打断，由于滔滔不绝的超长发挥，原以为一上午就能结束的会，到中午时准备最后讲话的局长还没讲上呢。主持会议的老王连忙请示局长，是接着讲还是下午讲。局长看了看下面的职工说：“开一上午了，也累了，我下午再讲吧！”

老王立刻心领神会，职工们拍了一上午的巴掌了，手都拍没劲儿了，再接着讲，掌声怎么还热烈得起来？局长讲话掌声还没有副局长们讲话时热烈，局长心里能舒服吗？老王立刻宣布散会，下午再接着开。散会后，老王立刻把小张悄悄拉到酒店的单间，敬了小张一杯酒说：“不错，不错，很成功，很到位。下午可是局长讲话啊，要与副局长们有些区别，要再热烈一些的，明白吗？”

小张搓着红红的两手吐了一口酒气说：“主任放心，我就是把手掌拍熟了，也要让局长满意的。”

下午开会，局长清了一下嗓子后，开口讲话。局长说："同志们……"小张立刻鼓掌，哗哗哗……掌声雷鸣般响起。

局长微笑着点了一下头，开口讲话。局长说："同志们……"小张立刻鼓掌，哗哗哗……掌声震耳欲聋。

局长又微笑着点了一下头，开口讲话。局长说："同志们……"小张立刻鼓掌，哗哗哗……掌声惊涛骇浪。

局长脸上的微笑慢慢地萎缩了，目光冷峻地望了一眼每次都带头鼓掌的小张。小张中午得到主任称赞，酒喝得有些晕乎，醉眼迷蒙的也看不清局长的脸色和目光，只是努力地盯着局长的嘴巴，等着局长张嘴讲话。局长望了一眼小张后，开口讲话。局长说："同志们……"小张立刻鼓掌，哗哗哗……掌声刚一停息，局长呼地站了起来，脸色铁青地吼了一句："散会。"

"啪啪啪啪……"小张立刻鼓掌，会议室里只响起小张一个人清脆的掌声。